講談社文庫

女薫の旅　放心とろり

神崎京介

講談社

女薫の旅　放心とろり

目　次

女薫《にょくん》の旅《たび》　放心《ほうしん》とろり

プロローグ

旅に出た時にだけ得られる豊かな時間がある。

旅先でしか味わえない充足感がある。

たとえば、眠りにつくかどうかの曖昧《あいまい》な時、心地よい疲れとともに全身にうっとりするようなけだるさが拡がることがある。

それは日常では得られないことだ。

そこには旅の醍醐味《だいごみ》が詰まっているし、旅がもたらしてくれる魅力が満ちている。

旅は女性とのつきあいと似ている。

女性と肌を重ねながら夢見心地になる時。

くちびるを重ねた瞬間。

乳房のやわらかみを指先で感じた時。

絶頂の兆しを察した直後。

そして昇り詰めるまでの深い快楽に酔いしれている時、満ち足りた豊かな瞬間の連続にうっとりする。

伊豆の山奥にひとりの少年がいた。

山神大地《やまがみだいち》。

彼は中学三年生の時、女体を巡る長い旅に出た。

高校の担任の川上先生、陸上部の杉江淳子、中学時代の先輩の小泉ゆかりとその母の奈津江とも触れ合った。

数々の女性たちとの出会いを経て、大地は高校二年生になった。

豊かな時を経験した。

女体の神秘も目の当たりにした。

深い満足も得た。

そうしたことを味わってきたからこそ大地は、たとえ落胆したり失望したとしても、女性に対して夢を抱きつづけているのだ。

夢は欲望を掻《か》き立て、妖《あや》しい幻想を育《はぐく》む。

しかし欲望や幻想が現実と違うことも多い。

そこでまた落胆し失望する。そうしたことを繰り返しながらも、大地は女性の心を愛し女体を慈しみつづけるのだ。

高校二年生のゴールデンウィーク。
落胆や失望、うっとりするような快感や深い満足が待ち受けていた。
女体を巡る旅だからこそ味わえる経験に、大地は酔いしれる——。

〈主な登場人物〉

山神《やまがみ》　大地《だいち》　伊豆の中学三年生のとき、島野先生に女体のすばらしさを教えられる。以後、同級生、先輩、そのお母さん、旅館の若女将、東京のOL、看護婦、担任の先生などと性の体験を重ねる。現在は地元の進学校に通い、サッカー部に所属する高校二年生。

小泉奈津江《こいずみなつえ》　小泉ゆかりのお母さん、三九歳。ゆかりの大学進学とともに東京に移り住んでいる。大地とは何度か愛を交わし、成熟した女性の奥深さを教えてきた。美人だが、繊細で大胆に、そしてかわいらしく変化するさまは、本シリーズ〝最強〟のキャラクター。

小泉《こいずみ》ゆかり　大地が通う龍城高校の先輩で学内ナンバーワン美女だったが、今は東京の私立大学に通う一年生。大地とは、海の中で結ばれたり、学校の廊下や教室でひとつになった。大学生になって初めてのゴールデンウィークに、久しぶりに故郷に帰ってきた――。

柳井《やない》　麻子《あさこ》　大地がアルバイトをしている伊豆・修善寺の老舗旅館「柳井旅庵」の若女将。結婚一年足らずで夫を亡くし、再婚もせず旅館を切り盛りしている。大地とは、金木犀《きんもくせい》に似た香りを放ちながら布団部屋で激しく燃えたことがある。今また大地を呼んで……。

神田美沙子《かんだみさこ》　龍城高校からロンドンに一年間留学して二年生に編入してきた美人転校生。身長一六〇センチ、バストは大きいが均整がとれていて、笑顔がかわいい。学校から大地とそろって自転車で帰る途中雨に降られ、ずぶ濡れになったので、

第一章　大地、背伸びする

ゴールデンウィークがはじまった。

山神大地はやっとの思いで、坂道を上がって自宅についた。一夜を過ごした川上先生の三島市内のマンションから修善寺《しゅぜんじ》の自宅まで、二時間近くかかってしまった。観光シーズンということをすっかり忘れていた。修善寺方面へ向かう他県ナンバーの車が数珠《じゅず》つなぎになっていて、自転車のスピードを上げられなかったのだ。

自転車を玄関の脇に止めた。初夏を思わせる陽光が後輪のスポークに当たってキラキラと輝いた。台所から包丁を使っている音が聞こえてきた。

玄関の引き戸を開けた。

水道を流している音が聞こえるが、母が手を休めて顔を出す気配はなかった。昨夜、先生が気を利かして電話をしておいてくれたおかげだ。実は内心では、泊まったことを怒られるのではないかとビクビクしていたのだ。

スニーカーを脱いだ。

上がり框《かまち》に足を置いたちょうどその時、下駄箱の上の電話機が鳴った。

出ようかどうしようか。

受話器に手を伸ばすのを迷っていると、あんたでしょ？　大地、帰ってきたんでしょ、わたしはお昼ご飯の支度で忙しいから、電話にでてちょうだい、と母の苛《いら》ついた声が台所から飛んできた。

大地は仕方なく、ぎこちない手つきで黒色の受話器を握った。

顔の見えない相手と話すことが嫌いというのではなく、電話で話すこと自体に慣れていなかったからだ。なにしろ、家に電話が引かれてからまだ一ヵ月程しか経っていなかった。

「もしもし……」

女性の声だった。

聞いたことのある声だと思った瞬間、軀《からだ》がカッと熱くなった。

ゆかりだ、小泉ゆかりだ。

「もしもし、山神です……」

意識しているわけではないのに、応える声がひそやかになる。

学年一の美女と評判だったゆかりの美しい顔立ちが脳裡に浮かんだ。人なつっこい微笑とともに、上向き加減の豊かな乳房やピンクの乳首が瞼《まぶた》の裏にすっと映し出された。そうしたことを思い出すうちに、三月に彼女と会った時、家に電話が引かれることや電話番号が決まったことを話したのだと気づいた。

「元気そうね……、山神君。声だけで誰だかわかるかしら」

「もちろんです。忘れるはずがありません」

「それじゃ、名前を言って」

「ゆかりさんでしょ？」

「よかったあ。ほかの女性の名前を言われたら、わたし、どうしようかと思ったわ」

小さな笑い声が受話器から響いた。三月に話をした時よりも艶《つや》やかに聞こえ、大地は胸の奥がかすかに震えるのを感じた。

「そうか、ゴールデンウィークだから、修善寺に帰ってきているんだ」

「まだ東京よ。明後日《あさって》には帰るつもり。だからね、その時に会えるとうれしいなって思って電話したの」

「修善寺の駅で待っていてもいいですよ」

「そんなことしなくてもいいわよ」

「そっか、お母さんと一緒だからですね」

「違うわよ。母は、もうそっちに着いているんじゃないかしら」

「えっ、そうなんですか」

「それじゃ、帰ったら電話するわね。山神君も愉《たの》しみにしていてね」

「ぼく、待ってます」

そこで電話は切れた。

大地はすぐには受話器を戻すことができなかった。ツー、ツー、という音を聞きながら、ゆかりからの思いがけない電話の余韻に浸《ひた》っていた。

胸の奥の震えがおさまらない。

理由は自分でよくわかった。

彼女の声が、驚く程落ち着いた声音《こわね》に変わっていたからだ。離れていった彼女が、もはや手の届かない大人の女性になってしまった気がしてならなかったし、自分とはまったく違う世界で生きている彼女へのうらやましさも混じっていた。

（そうか、もうお母さんは帰っているのか……）

独り言を囁《ささや》くように言いながら受話器を置いた途端、胸の奥で別のざわつきがはじまった。それはすぐ、心にチクチクと刺さるような痛みを伴ったものに変わった。

お母さんと交わった時の、ひとつになった実感が蘇《よみがえ》ってきたのだ。確かにあの時、年齢差だけでなく、ふたりを取り巻く情況も忘れてふたりはひとつになった。

「よしっ」

大地は意を決した。

上がり框に腰を下ろすと、脱いだばかりのスニーカーを履《は》く。靴ひもをきつく結ぶとまた、よしっ、と小さく呟《つぶや》いた。

台所から炒《いた》め物をはじめている音が聞こえてきた。焼きそばだろうな、きっと。そんなことを思いながら、そっと玄関の引き戸を開けた。

気配を察した母が台所から、どこかに行くのかい、焼きそばをつくっているんだよ、おまえも食べないかい、今食べないともうつくらないよ、と大声を飛ばしてきた。炒める音が大きく響く。フライパンに水を入れたようだ。いらないよ、と台所に向かって応えると、玄関を出た。

自転車に乗り、坂道を下る。

天城《あまぎ》方面に向かう車はひっきりなしにつづいているが、修善寺に向かう道はガラガラだった。毎年のことだが、こうした道路状況はゴールデンウィークが終わるまでつづく。

初夏のような陽射しに包まれる。

ウインドブレーカーに風が吹き込み乾いた音が背中で鳴る。山陰《やまかげ》に入るといきなりひんやりとした空気に変わる。

ペダルを踏み込み、スピードをあげる。太ももに力がこもる。ふくらはぎの筋肉が張りつめる。耳元で風を切る音が鳴る。

小泉家の前に辿《たど》り着いた。

一五分程かかっているはずなのに、あっという間の気がした。荒い息がおさまるまでサドルに乗ったまま、両足をつけていた。

(あっ……)

声をあげそうになったが、喉元でようやくそれを抑えた。

お母さんだ。

成熟した大人の女性の姿が目に飛び込んできた。

薄いピンクのワンピースを着ている。軀《からだ》のラインがくっきりと浮かび上がっている。茶色がかった髪が陽光を浴びて艶やかに輝く。歩くたびに乳房のあたりが大きく揺れる。

大地はペダルに両足を乗せ、さらに背伸びをして庭を覗《のぞ》いた。垣根越しなので、お母さんに気づかれてはいない。

広い庭に据《す》えた物干し台に向かっているようだ。

洗濯物を広げはじめた。

東京から帰ったばかりなのに洗濯物などあるのかなと思って眺めているうちに、広げているのがカーテンだと気づいた。

レースのカーテンを物干しにかけはじめた。

お母さんの姿がレースのカーテン越しに透《す》けて見える。くびれたウエストのライン、張り出した腰、遠目からでもやわらかさが伝わってくる太もも……。レース越しで姿がぼやけているけれど、なぜか、すべてがはっきりとわかるのだ。

両手をせわしなく動かしている。そのたびに豊かな乳房が上下に動く。乳房がつくる谷間の深さが際立《きわだ》つ。ワンピースのデザインだろうか、それともブラジャーをつけていないからだろうか、乳首の形が見えるようだ。どちらかはっきりとしないが、それだけでもう陰茎の芯が硬くなりはじめた。

自転車を降りた。

大きな門扉の前に止めると、その横にある小さな通用門から庭に入った。

驚かせたいと思った。

いたずら心ばかりではない。そうすることでお母さんに甘えたいという気持もあったし、どんな表情や反応をするのか確かめてみたいといういやらしい思いもあった。

四本ある物干しの内側二本にレースのカーテンをかけ、レースのそれを隠すように外側の二本に厚手のカーテンをかけていた。

洗濯かごは空になっていた。

大地は足音をあげないように気をつけながら近づいた。

お母さんが顔を上げた。

視線に気づいたようだった。

「あらっ……」

そこで言葉が止まった。

戸惑っているような、うれしいような表情だ。あまりに突然なので名前が頭に浮かんできていないのかもしれないと思った。

「びっくりして、心臓が止まりそうになったわ」

「ぼくです、大地です」

「ふふっ、わざわざ名前を言わなくてもわかっているわ、山神大地君。わたしが名前を忘れたとでも思ったの？」

「そんなことありません……。おひさしぶりです、お母さん」

「おひさしぶりね、ほんと」

お母さんが照れているような笑みを浮かべた。

乳房のあたりが大きく揺れる。頬から首筋にかけて、桜色にほんのり染まっていく。瞳からは人なつっこい光が放たれている。

(ぼくは拒《こば》まれていないみたいだ)

お母さんの様子を見て、大地はそう感じた。もしも拒んでいる雰囲気が伝わってきたら、挨拶だけして帰ろうと思っていたが、どうやらその心配はなさそうだった。

「今ね、見てのとおり、カーテンを干していたの。久しぶりに家に帰ったら、ずいぶん汚れていることに気づいたの。三月だったでしょ、家を出たのは。あの頃と比べると、太陽の光がずいぶんと強く明るくなった気がするわ。そうだ、ちょっと手伝ってくれるかしら」

　お母さんが四本の物干しの真ん中に移動した。レースのカーテンの間に立つと、こっちよ、と声をかけてきた。

　皺《しわ》を伸ばすのを手伝うのかなと思って、大地はうながされるままお母さんのそばに近づいた。洗濯を終えたばかりのもの特有のすがすがしい匂いに包まれる。新緑の匂いが風とともに運ばれてくる。さらにお母さんがつけている化粧品の香りが混じる。

　お母さんとの距離は五〇センチ程だ。遠目で見た時はワンピースのデザインで乳首が透けているのかと思ったが、そうでないことがわかった。

　ブラジャーをしていなかった。

　乳首がくっきりと浮かび上がっていた。そればかりか成熟した女性の乳輪もうっすらと見て取れた。しかしそれが不思議なことに、わずかな時間で輪郭がぼんやりとしてきた。

（頬や首筋だけが赤らんでいるんじゃないんだ。そうだ、おっぱいも桜色に染まったから、輪郭がわからなくなってきたんだ）

　お母さんに気づかれないように、大地は口に溜まった唾液を呑み込んだ。陰茎の火照《ほて》りが強まる。笠を半分程覆《おお》っている皮がめくれる。幹の芯が硬くなっていく。陰毛の茂みに埋もれているそれが立ち上がる。

「ちょっと見ない間に、逞《たくま》しくなったわね」

少女のようなはにかんだ微笑を浮かべ、わずかにうつむいた。くすっと小さく笑みを洩《も》らして顔を上げた。

視線が絡《から》んだ。

強い光を放っていた瞳が潤《うる》みきっていた。さざ波が立ち、揺れていた。それは高ぶっている時にお母さんが見せる表情のひとつだった。

お母さんが半歩、踏み込んできた。

いきなりだったので、大地は後ずさりしそうになったが、腹の底に力を込めて堪《こら》えた。

抱きしめられた。

厚手のカーテンに遮《さえぎ》られているから、通りからは見られることはない。それを考えたうえで、ここに来るように言ったのだろう。

洗濯物のすがすがしい匂いや風に運ばれてくる新緑の香りが消し飛び、お母さんの軀から放たれる甘い匂いしか感じられなくなった。

背中に回したお母さんの手に力がこもった。ウインドブレーカーがカサカサと乾いた音をあげた。

ぬくもりが伝わってくる。

豊かな乳房を胸板で確かに感じる。陰茎がゆっくりと成長していく。それを気づかれないように、腰のあたりを引き気味にする。

「ねえ、どうしたの？」

肩口に顔を埋めながら、お母さんが囁いた。先程までの穏やかな口調ではない。生まれたままの姿で軀を重ねている時の甘えた口調だった。

「わたしのこと、嫌いになったの？」

「どうして、いきなりそんなこと、言うんですか」

「だって、わたしのこと、抱きしめてくれないんだもの」

「いいんですか」

「強く、抱いて……」

「はい、お母さん」

「三月に会った時のこと、わたし、忘れられないの。東京でひとりでいる時、あの時のことを思い出して軀を熱くしていたのよ」

「ぼくも、忘れたことありません」

「うれしい……」

お母さんが呻《うめ》くように声を洩らした。

白色のレースのカーテンが風にはためいた。陽光を反射して眩《まぶ》しかった。

目を閉じても光に包まれているのを感じた。左右だけでなく、足元からも光が放たれている気がした。ふたりが抱き合ったことで、輝かしい光に覆われたように思えた。

「ああっ、こんなに大きくなってる」

お母さんがいきなり、股間《こかん》をまさぐってきた。

陰茎はすでに肉樹《にくみき》に成長を遂げていた。笠は膨脹し、裏側の敏感な筋は張りつめている。

立っている状態にもかかわらず、ふぐりが収縮してつけ根にへばりついている。笠と幹を隔てる溝が深くなっていて、皮がそこに残っていなかった。

「誰かに見られちゃいます」

「大丈夫よ、ここなら。それに……」

「えっ？」

「それに、ゴールデンウィークだけしかここに居ないから、見られたっていいの。わたしはね、君と出会ったことでそういう世間とのしがらみから逃れることができたんだもの」

大地は黙ってうなずいた。

かつてふたりで昇っていった時の高ぶりが、確かな実感を伴って蘇《よみがえ》ってきた。それが刺激となって、さらに肉樹が膨脹していくのを感じた。

「ねえ、キスして」

妖《あや》しい笑みを湛《たた》えながら、お母さんが甘えた口ぶりで囁《ささや》いた。

お母さんがしなだれかかり、肩口に顔を埋めてきた。

大地はおずおずとお母さんの背中に両手を回した。

木々の芽吹きの匂いが風に運ばれてくる。洗濯を終えたばかりのカーテンからすがすがしい香りが拡がる。それらに混じって、お母さんの軀から滲み出る甘い薫りに包まれる。

（この匂いだ……）

大地はうっとりしながら、化粧の人工的な香りと生々しさの濃い匂いを胸の奥まで吸い込んだ。

「ねえ、キスして」

お母さんがまた囁いた。

陰茎から成長を遂げた肉樹が、パンツの中でビクンと大きく跳ねる。笠の裏側の敏感な筋が張りつめながら、幹が膨らんでいく。木綿の生地《きじ》に擦られ、それが快感につながる。

お母さんが顔を上げた。

瞳を覆う潤みが波打つのがはっきり見て取れる。睫毛《まつげ》が潤みで濡れている。じわりと潤みが濃く厚くなる。透明感のある肌が艶《つや》やかに輝く。

（なんてきれいなんだ……）

陽光を浴びて、大地はわずかに目を細めた。

美しい女性だ。四〇歳を目前にしているとはとても思えない。目元から鼻の形が娘のゆかりとよく似ている。薄いくちびるから上品さが感じられる。それでいて、男の欲望をそそる妖艶さが漂っているのだ。

胸が高鳴る。

性欲が腹の底からじわじわと迫《せ》り上がってくる。アディダスのウインドブレーカーがカサカサと乾いた音をあげる。レースのカーテンが春風にはためく。性感を刺激されているわけでもないのに、陰茎が鋭く反応する。

大地は腕に力を込めた。

乳房をはっきりと感じた。ブラジャーをしていないことはわかっていたが、見た目以上に、豊かな乳房には張りがあり、乳首も硬く尖《とが》っているようだった。

「ねえ山神君……」

「なんですか、お母さん」

「よくわたしが今日、東京から戻ってきたことがわかったわね」

「今日だけではないんです。もしかしたら帰っているかなって、時々、自転車で家の前を走っていました」

「ふふっ、可愛いわ、山神君。ちっとも変わっていないのね」

「ぼく、もうすぐ、一七歳ですよ。可愛いなんて言わないでください」

「そういうことでムキになるのも、可愛いわ」

大地はそれには応えず、もう一度、腕に力を込めた。

ゆかりから家に電話があったことは敢《あ》えて伝えなかった。それを言えば、ゆかりと親しくしていたことを説明しなければいけないと思ったからだ。

嘘をついたわけではない。今までに何度も、用もないのに家の前を通り、雨戸が開いているかどうか確かめていたのだ。

お母さんが目を閉じた。

くちびるを半開きにした。唾液に濡れた厚ぼったい下くちびるが陽光を浴びて光った。

大地は顔を近づけた。

くちびるを重ねた。

口紅の人工的な濁った甘さとは違う味が、口の中に拡がった。軀から放たれているお母さんの甘い香りが、唾液に混じっているようだ。

舌を絡める。

お母さんの鼻息が荒くなる。頬から口の端にかけて湿ったそれが吹きかかる。尖《とが》らせた舌先で突っつき合う。唾液が口に溜まり、喉を鳴らして呑み込む。

胸いっぱいに甘さが拡がった。それを味わうように二度、三度と息を深く静かにつくうちに、欲望とは別の高ぶりが湧き上がってきた。大地はその感情を見過ごさなかった。

性欲に懐かしさという感慨が混じっていた。

長いこと会っていなかった人に再会した時のうれしさに似ている気がした。いや、それは正確ではない。一六歳の少年にそんな経験などなかった。漠然としたイメージを、お母さんとの約一ヵ月ぶりの再会にダブらせたというほうが正しいだろう。

背中に回している手を解いた。

くびれたウエストにてのひらをあてがった。そのままゆっくりと、乳房の下辺まで滑らせた。手の甲に陽光が当たって暖かい。てのひらでは、ワンピース越しながらも乳房の火照《ほて》りを感じている。

(気持がいい……)

頭の芯が痺《しび》れた。

お母さんの鼻息に同調するように、自分のそれも荒くなった。そうするうちに軽い目眩《めまい》を覚えて、大地は重ねたくちびるを外した。

お母さんに気づかれないように顔をかすかに左右に振り、瞼《まぶた》を大きく見開き、意識を覚醒させた。

中学生の時に一度、貧血による目眩で倒れたことがあったが、それ以来だ。

あれは月曜日の朝の全校集会だった。朝早く目が覚めたのに、気持はもやもやしていて、それをすっきりさせようと思って自慰をしたのがいけなかった。膝から崩れるようにうずくまってしまったのだ。

昨日の夜、川上先生と長い時間交わったことが影響しているのかとチラと考えたが、そうではないと思い直した。中学生の時ならまだしも、高校二年生にもなって、そんなことで倒れるほどヤワではない。

サッカー部の練習では腹筋と背筋、側筋それにスクワットを各五〇回三セットつづけてやっているのだ。体力には自信はある。

「大丈夫かしら、山神君」

「ちょっと目眩がしたんです」

「顔色はそれほど悪くないけど……」

「本当にもう平気です。お母さんと再会できて、以前と同じようにこうして触れあうことができたからです。うれしくて胸がいっぱいになっていたからみたいです」

「ほんとにそう？　本当に大丈夫なのね。無理しちゃ、いやよ」

「心配かけてすみません」

そう言い終わった時、お腹がグウッと鳴った。

目眩の原因がわかった。

昼ご飯を食べていなかったのだ。母が焼きそばをつくってくれていたが、それを食べずに、自転車を飛ばしてきたのがいけなかった。

「お腹が空いているのね」

「そうみたいです」

「ふふっ、若いのねえ」

「昼ご飯を抜いちゃったんです」

「そうなの？」

「ええ、まあ」

「だったら、つくってあげるわよ」

「帰ってきたばかりですよね」

「心配しなくても食材はあるわよ。洗濯している時に、スーパーマーケットで買い物してきたばかりだから」

お母さんが微笑《ほほえ》んだ。

妖《あや》しさと優しさが入り交じった笑みに思えた。お腹が空いていたが、それでも肉樹は跳ねた。笠の裏側の敏感な筋に快感が走り抜けた。

（お腹が空いてるほうが、感覚が鋭くなるみたいだ……）

大地はふうっと息を吐き出した。

下腹が前後に動き、笠がパンツの生地に擦《こす》られた。そんな小さな刺激でも確かな快感につながるのをはっきりと感じた。

「さっ、いらっしゃい」

お母さんが歩きはじめた。

干したばかりのレースのカーテンがはためく。春の陽光が揺れる。

大地はお母さんの後につづいた。

光の粒が降り注ぐ。

ピンクのワンピースが透けて見えた。

錯覚ではない。お母さんの軀がくっきりと浮かび上がった。

張りのある腰が、くびれたウエストを際立たせていた。太もものつけ根から膝までの稜線が艶やかだった。

歩くたびにお尻のふたつの丘が前後する。パンティのゴムが浮かんでいる。ゴムに沿ってレースをあしらっているのまで見て取れる。

歩いているというのに、肉樹の芯に脈動が駆け上がった。鼻息の荒さを抑えられなくなり、口を開けずにはいられなかった。肉樹から全身に火照りが拡がるのも食い止められなかった。

お母さんが玄関の引き戸を開けた。

大地もつづいて入った。

外の明るさに比べ、家の中が暗くてよく見えなかった。

瞼を閉じた。

クラシック音楽が流れていた。

中学の時の音楽の時間で聴いたことのある曲だ。

家の間取りはわかっている。

玄関をあがってすぐ左側のリビングルームから流れている。どこにスピーカーやレコードプレーヤーが置いてあっただろうかと思い出してみたが、記憶にまったくなかった。

「ヴィヴァルディの『四季』ですね」

「よくわかったわね。山神君、クラシックが好きだったの？」

「そんなこと、ありません」

そこまで言って、大地は口をつぐんだ。自分の家にはプレーヤーがないからレコードなんて一枚も持っていない、と言うところだったのを、喉元でようやく抑えたのだ。

瞼を開いた。

ぼんやりとした薄闇に変わった。もう少しで家の中の明るさに慣れるだろうと思っていると、お母さんが近づいてきた。

「覚えてる？」

肩口に顔を埋めながら囁くと、チラと階段に目を遣《や》った。

「忘れるはず、ありません」

「わたしも……。あの時のことを思い出すたびに、わたし、躯の芯が火照って困ってしまったわ」

「ぼくも、です」

「ほんと？」

「嘘なんか、ぼく、つきません」

大地はムキになって言った。

嘘ではなかった。

お母さんとともに味わった強烈な体験だった。それを思い出しながら、自慰をしたことが何度もある。「エロトピア」をこっそり見ながらする自慰より、「11PM」でヌードを見ながらのそれよりも、快感が強かった。

（お母さんとつながったまま、この階段を上がっていったんだ……）

明るさに慣れてきた目に、お母さんとかつて上がった階段がはっきり見えた。上がってすぐ右側が、ゆかりの部屋だ。そう思った途端、またも肉樹が大きく跳ねた。学生ズボンの陰部のあたりが膨らむのが自分でもよくわかった。それがお母さんの目にも入ったらしい。

先程とは違った妖しさを湛《たた》えた笑みを浮かべると、すっと陰部を撫でた。肉樹に成長しているかどうか、確かめるような動きに思えた。

偶然ではなかった。

「すごく逞《たくま》しくなっているわね、うれしいわ、とっても」

「お母さんと再会できたからです」

「ほんとに逞しくなっているかどうか、確かめさせてもらっていいかしら」

「どうやって、ですか」

「ふふっ……」

意味深な笑みを浮かべると、お母さんがまた、陰部をすっと撫で上げた。

今度はそれだけでは終わらず、肉樹の形を浮き彫りにするようにズボンを摘んだ。

幹を包む皮が張りつめる。

ふぐりが引き締まりながら収縮し、つけ根にへばりつく。コリコリとした肉塊の形がはっきりとしてくる。ふぐりにまばらに生えた陰毛が抜け落ち、かすかに痛みが走る。それはしかし痛みで終わらず、下腹がうねるような快感につながっていく。

お母さんの指がせわしなく動きはじめた。

ファスナーを下ろす。

ズボンの窓に細い指が滑り込む。パンツの上から幹を摑《つか》んだ。撫でるようなやさしい手つきでなくて、荒々しささえあった。

「ああっ、我慢できない……」

お母さんが呻《うめ》いた。頰が赤みを帯びてくる。息遣いが荒くなり、乳房が大きく前後に動く。下腹がわずかに遅れてうねる。ワンピース越しでも、太ももを重ねるようにしながら何度もくねらせるのがわかる。

「お母さん……」

「お腹が空いているのよね、そうよね。山神君、ちょっとだけ待ってね」

「何、するんですか」

「東京にいる一ヵ月間、ずっと我慢していたのよ、わたし。だから、ねっ、ご飯をつくる前に、少しだけでいいから君を味わわせて」

ヒリヒリとしている腹の底が迫り上がってくる気がして、大地は思わず息を呑んだ。

（性欲を剝《む》き出しにしている……）

肉樹が膨張する。

パンツのウエストのゴムの下まで笠が這い出てくる。先端の小さな切れ込みから透明な粘液が滲み出て、パンツに染みこむ。ブルブルと腹の底が細かく震える。

右手をズボンの窓の中に入れながら、お母さんがうずくまった。

陰部の前で、長い髪を左手ですっと梳《す》き上げた。うっとりするような表情が見えた。ワンピースの胸元に隙間ができていて、赤みを帯びた乳房のすそ野が垣間見《かいまみ》える。

パンツ越しに、てのひらで幹を包んできた。

「ううっ……」

お母さんが呻きながら、鼻先を押しつけてきた。

ぬくもりがじわりと伝わってくる。それが指先からなのか、お母さんの形のいい鼻からなのか区別がつかない。

肉樹のどこに性感帯があるのか、細い指は知り尽くしているように、細かく動く。てのひらで直接、幹を握られているわけでもないのに全身に快感が拡がっていく。

(ああっ、すごく気持がいい)

立っているというのに、腰から力が抜けた。坐り込んでしまいそうになり、玄関の壁に背中をあずけるようにしてつけた。両手を壁にあてがい、軀がずり落ちるのを防いだ。

銀粉を混ぜたような青っぽい色合いの壁土が手についた。ウインドブレーカーを着ているために、上体をわずかでも動かすと、シャリシャリと乾いた音があがった。

「ああっ、すごい」

パンツから肉樹を引っ張り出した途端、お母さんが呻くように声を放った。頬の赤みが増し、鮮やかな朱色に変わっていった。

くちびるが半開きになった。

舌を差し出し、くちびるをゆっくりと舐める。玄関の引き戸に嵌《は》め込んだ曇りガラスからやわらかい光が入り、唾液がギラリと妖しく輝く。

(くわえてくれるんだ……)

壁に背中をつけたまま、大地は瞼を閉じた。

お母さんの鼻息が幹に吹きかかる。パンツからはみ出た数本の陰毛がかすかに揺れる。

「ううっ、美味《おい》しそう」

　お母さんが独り言のように囁いた。肉樹を水平になるまで折り曲げると、ふうっと湿った息を笠全体に吹きつけてきた。

「うれしい……」

　お母さんのくちびるが笠に触れた。

　快感が走り抜けた。それには懐かしさはなく、新鮮そのものだった。

　うずくまるようにして腰を落としたお母さんが、学生ズボンから引き出した肉樹《にくみき》を水平に曲げた。つけ根の太い筋が浮き上がる。痛みとも快感ともつかない刺激がつけ根から生まれ、それがさらなる膨脹につながっていく。

　お母さんがわずかに顔をあげた。

　頬の赤みが濃くなっていた。玄関に入り込むすがすがしい春の光を浴び、艶《つや》やかさが増して見えた。

　くちびるが半開きになった。ぬめりを湛《たた》えた赤みの濃い口紅が、妖《あや》しい輝きを放つ。ゆっくりとくちびるがめくれながら肉樹に近づく。

（ああっ、また触れてくれるんだ。でもさっきみたいに短い時間だと物足りない……。お母さんのくちびるを長くじっくり味わいたい）

　大地は期待に胸がはち切れそうになった。脈動が駆け上がると、お母さんの指がそれを感じ取り、強く握りしめてきた。

「ああっ……」

お母さんが低く呻《うめ》き声を洩《も》らした。それから、せつなそうなため息を小さく吐き出した。美しい形をした薄い上くちびるのめくれ方が大きくなった。形のいい小鼻が膨らむ。口の端の細かい皺に、唾液が微《かす》かに流れ出した。それに高ぶりを煽《あお》られ、下腹に力を込めていないのに肉樹が大きく跳ねた。

くちびるが笠につけられた。

腰のあたりがビリビリと痺《しび》れるような感覚に襲われた。

思わず上体を揺すると、塗り壁から銀色の粉が落ちた。先輩からもらったアディダスの紺色のウインドブレーカーがカサカサと乾いた音をたてた。

笠と幹を隔てる溝を埋めるように、お母さんがくちびるを嵌《は》め込んだ。幹の裏側で迫《せ》り上がっている嶺を舌先で弾《はじ》く。唾液をたっぷりと塗り込む。くちびるをすぼめたかと思ったらきつく締めつけたり、緩めたりを繰り返しはじめる。つけ根を握っている右手で、張りつめた皮を、さらに根本に向けて引き下ろす。

お母さんの鼻息が荒くなってきた。時折、ううっ、と喉の奥で呻くような濁った音が上がる。熱気をはらんだ陰毛の茂みに、湿り気が吹き込まれる。パンツからはみ出た数本の陰毛が微かに揺れる。

頭の芯が痺れていく。ヴィヴァルディの「四季」がリビングルームから流れてきているはずなのに、お母さんの鼻息や呻き声ばかりが耳に入ってくる。

お母さんが目を閉じた。

くちびるをすぼめながら、肉樹を口の奥まで呑み込みはじめる。

喉の肉の壁に、先端の笠がぶつかった。ううっ、と苦しげに呻くと、いったん顔を戻し、それからもう一度、深々とくわえ込んだ。

(口の奥まで入っていく……)

大地は肉樹に意識を集中した。

先端の笠が肉の壁にぶつかっているのをはっきり感じる。

最深部のはずなのに、お母さんがさらに顔を突き出してくる。鼻先がパンツに埋まってもなお、首筋の力を抜こうとしない。

うっ、とお母さんが呻いた。

その瞬間、笠がズルッと肉の壁を滑った。最深部と思っていた肉の壁からさらに奥に導かれた。

(喉に入っていく……)

お母さんの軀が硬直した。つけ根を握っている指だけでなく、小刻みに震えていた肩の動きも止まった。荒い鼻息も数秒間、吹きかからなかった。

肉樹の芯に、強烈な脈動が駆け上がった。そのたびに、お母さんのめくれたくちびるが膨《ふく》らむかのように動いた。美しさと淫《みだ》らさが混じり合った刺激的な表情に、大地は腹の底がブルブルと震えながら迫り上がってくる気がしてならなかった。

お母さんの顔が動いた。その直後、うつむいたまま激しく咳《せ》き込んだ。

「大丈夫ですか、お母さん」

ズボンから出ている肉樹が二度、三度と跳ねているのを目の端に入れながら、大地は声をかけた。冷静な声を出したつもりだったが、うわずった声になっているのがわかった。

一〇秒程待った。

お母さんが短く咳払いをひとつした後、ようやく顔を上げた。

赤みが濃くなっていた額や頬にうっすら汗が滲んでいた。口の端から顎にかけて流れた唾液がキラキラと輝き、艶やかさが増して見えた。

「恥ずかしいわ、わたし」

掠《かす》れた甘えた声でお母さんが囁《ささや》くように言った。

「どうしてですか」

「わたしの気持が、山神君にわかっちゃったんじゃないかしら」

「気持?」

「ううん、いいの。わからなければ、それでいいの」

「喉の奥まで入れたことですか」

「あん、いやだ。わかっていたのね」

「自分の軀の中に入れようとしているように感じました」

「君のものを口にふくんでいるうちに、もっともっと君を感じたくなったのね。軀の奥まで導いてしまいたいって、本気で思ったの」

「苦しかったでしょ」

「それもうれしかったわ、とっても。不思議なことだけど、この苦しさを我慢することで君を感じられるなら、ずっと我慢をつづけようと思ったの。わたし、自分がつくづく、女なんだなとあらためて思ったわ」

お母さんと視線が絡んだ。

瞳を覆う潤みが濃く厚くなっていた。咳き込んだせいかもしれないが、それだけではないはずだった。首筋やワンピースの胸元から見える肌が鮮やかな朱色に染まっていた。

大地は手を伸ばし、お母さんの肩に触れた。

華奢《きゃしゃ》な肩がビクンと震えた。

瞳の潤みにさざ波が立ち、そのほんのわずかな波間にかすかに妖しい翳《かげ》が生まれては消えた。立つようにうながすと、すんなりとお母さんが従ってくれた。

向かい合うと照れたような笑みを浮かべ、屹立《きつりつ》している肉樹を握ってきた。

（なんて温かいんだ……）

うっとりして、大地は甘い息を吐き出した。ゆっくりと幹をしごかれる。性的な快感が生まれているのに、それがなぜか、甘美で穏やかな気持よさに思えた。

（口の中もすごく気持がいいけど、こうしててのひらで包んでもらっているだけでもすごく素敵だ）

これまでに何度も、お母さんに同じことをしてもらっていたはずなのに、今、初めてその心地よさがわかった気がした。

それは大地が、女性のてのひらから伝わってくる心を感じ取れるだけの繊細さを培《つちか》ってきた証《あかし》でもあった。高校二年生の彼自身、気づいていなかったが、心がまたひとつ大きく成長していたのだ。

大地は左手をお母さんの背中に回して抱きしめた。同時に右手でワンピースの裾をたぐり、ストッキングを穿《は》いていない太ももをすっと撫でた。

しっとりとしていながらも、すべすべした肌だ。やわらかみがあり、それがただやわらかいだけでなく、張りを失ってはいなくて、みずみずしさを湛えている。

ワンピースの内側で暖まっていた空気が湧き上がるように漂う。甘く生々しい香りをはらんでいる気がして、肉樹の芯に硬さが戻った。

太ももの裏側に指を這《は》わせる。

やわらかみが増している。成熟しきった女性ならではの感触に思えてならない。艶めかしくて、触れているだけでもゾクゾクしてくる。

パンティの股《また》ぐりに触れた。

同級生の杉江淳子や名高雪乃のパンティと同じように、そこにはゴムが入っていると思っていたが、それらしいものは見あたらず、レースの縁取りしか感じられなかった。

（やっぱり、大人の女性のパンティは違うんだ……）

あらためてお母さんに触れている実感が胸の裡《うち》に拡がり、おさまりかけていた欲望が迫り上がってきた。

大地は腰を引き加減にしてふたりの間に隙間をつくると、パンティの縁取りに沿いながら、指を股間《こかん》に移した。

「あん、だめよ」

「どうして、ですか」

「だって……」

「えっ？」

「だって、ここじゃ、いや」

「そんな……」

「だめよ、ここでは」

甘えた声でお母さんが囁いた。腰を左右に何度か揺すり、指を離そうとした。この場所で今しがた、自分からおちんちんをくわえたのに、触れられることを拒むのがわからなかった。だから大地は敢えて無視して、陰部を目指して指をすすめた。

陰毛の茂みのあたりがこんもりと盛り上がっている。ツヤツヤした感触からして、木綿の生地《きじ》ではないようだ。お母さんのことだから、ワンピースの薄いピンクに合わせているのだろう。そう思ったら肉樹が鋭く反応して先端の笠の裏側がワンピースを掠めながら、大きく跳ねた。

陰毛の茂みの下のあたりに指を這わせた。

拒まれるかと思ったが、両足をわずかに広げ、指が動けるだけの空間をつくってくれた。

陰部全体をゆっくりと撫でた。

「ううっ……」

お母さんが唸《うな》るような低い声を洩らした。肩の震えが膝にも伝染したようだ。

割れ目がくっきりと浮かび上がっていた。深い溝に沿って指を這わせると、パンティの生地の湿り気が強くなった。股下のところは湿っているという程度ではなく、濡れていると表したほうがいいくらいだった。

パンティ越しに触れているのだから、指を割れ目に挿《さ》し入れるのは無理だとわかっていても、そうせずにはいられなかった。

「ああっ、素敵」

「こんなに濡れていたんですね」

「ああっ、恥ずかしい」

「今、急に濡れたんですか」

「意地悪なこと訊《き》かないで……」

「ぼくは正直言うと、お母さんの姿を見た時から、ずっと勃《た》っていました」

「そうなの？」

「はい、嘘なんかつきません」

「わたしのことも訊きたいのね」

「はい、だから正直に言ったんです」

「わたしもね、きっと同じよ。お庭で洗濯物を干している時にもう、ジワッと濡れだしているのがわかったの」

「そんなに早くから？」

「ああっ、そうなの。君のこと、東京にいる間もずっと考えていたからなの。その君が、突然、目の前に現れたんだから……」

「ぼく、うれしいです」

「何が？」

「こうなっていることがです」

大地は囁くと、もう一度、指を強く割れ目に押し込んだ。さっきよりも強かったためか、指は深く埋まった。

埋まった状態のまま、大地は指を小刻みに震わせた。

パンティの濡れ方が強まっていく。お母さんの膝の震えも大きくなる。肩を揺らす。眉間《みけん》に皺《しわ》をつくり、半開きの口から掠れた吐息が出てくる。鮮やかな朱色に染まった肌が、じわりと艶やかさを増していく。

(直接、おまんこに触れたい……)

欲望が増幅していく。

理性が崩れていくのを感じる。

(このまま玄関でお母さんと肌を重ねたい)

肉樹が膨脹する。血管や筋が浮き上がる。先端の小さな切れ込みから、透明な粘液が滲み出てくる。それは赤みがかった細い切れ込みで溜まっていたが、すぐに溢《あふ》れて裏側の敏感な筋をつたって流れていく。

「だめ、ここじゃ、やっぱり」

お母さんが苦しげにそう言うと、右腕を摑んできた。指を動かせたから、大地はかまわずつづけていると、ほんとにここはだめ、誰か訪ねて来た時、どうにも繕《つくろ》えないから、と甘えた声で囁いた。

確かにそうだった。引き戸の玄関に嵌め込まれた曇りガラスにふたりの姿はぼんやりとでも映っているだろう。鍵をかけているわけでもないから、いきなり開けられることも十分に考えられる。学生ズボンからおちんちんを出した姿を見せるのはまずいし、ワンピースのめくり上げられたお母さんだって取り繕う言葉など浮かばないはずだ。

「ねっ、いい子だから、わたしの言うこと、聞いてね」

「はい、お母さん」

「よかった……。山神君って、やっぱり素直ないい子ね」

「でも、このままじゃ、いやです」

「ふふっ、わかっているわ。わたしだっていやよ」

「二階に、行くんですか」

「帰ってきてすぐに、布団は二階のベランダに干してしまったの。たった一ヵ月留守にしただけで、布団ってね、カビ臭くなるものなのよ」

「それじゃ、どこに……」

つっかけを脱いだお母さんが、玄関にあがった。左側のリビングルームに向かうのかと思ったが、右側の和室に向かう縁側を歩きはじめた。

大地もつづいた。

おちんちんを出したまま、スニーカーの紐《ひも》を解いているのが可笑《おか》しかったが、くちびるを嚙み締め、笑い声をあげるのを堪《こら》えた。

縁側を歩く。

春の穏やかな光が木枠のガラス戸から差し込んでいる。庭先が見え、今しがた抱き合った洗濯物のカーテンが見える。大地はさすがに肉樹を晒《さら》したままでは妙だと感じて、腰を折り曲げるようにしながらパンツにしまった。

開いたままの障子から和室に入る。

一〇畳の和室だ。

一間《いっけん》分の立派な床の間があり、掛け軸が飾られている。陽射しが障子に遮《さえぎ》られていることもあって、落ち着いた雰囲気が漂っている。

お母さんが押入から、厚みが一〇センチ近くありそうな座布団を出していた。座卓は押入とは反対側の壁に置かれていた。大地は居場所が見つからず、障子を閉めたその場で立っていた。

「あら、どうしたの」

「えっ？」

「しまっちゃったのね。せっかくわたしが君の逞しいものを出したのに」

「だって、歩いている時に晒《さら》け出すのって変でしょ」

「そんなことないわ、とっても可愛いわ。わたし、おちんちんを出して恥ずかしそうにしている君の顔、とっても好きよ」

お母さんが座布団に坐った。笑みを湛えながら、横に置いた座布団を軽くポンポンと叩いた。

「いらっしゃい」

「はい……」

「いや?」

「こんなに広い和室の真ん中に坐るのって、居心地が悪そうで……」

「ふふっ、気にしないで」

大地はあぐらをかいて座布団にどかりと坐った。

いきなりだった。

お母さんが抱きついてきた。

受け止めながらも、大地はゆっくりと仰向《あおむ》けに倒れていった。

お母さんがのしかかるように軀をあずけてきた。大地は胸板で女体のすべてを受け止めた。

(息ができないよ、これじゃ……)

はねのけようと思えば簡単にできるのかもしれないが、大地は黙ったまま仰向けになっていた。

細い腕で強く抱きしめられた。

頬が触れあう。

妖しい笑みを薄いくちびるの端に浮かべているのが視界に入る。

「ちょっと待って」

「えっ、どうしたの？」

「いきなりだったから、ぼく、びっくりしちゃって……」

「ふふっ、その困ったような顔も、可愛いわね」

笑みを湛《たた》えたまま、触れあっている頬を擦り合わせてきた。

乳房のやわらかみが胸板に伝わってくる。それに呼応するように、膨脹している肉樹《にくみき》の芯に硬さが備わる。

お母さんが着ているワンピースの薄いピンク色が、庭にいる時よりも落ち着いた色合いに見える。華やいだピンクからしっとりとしたものに変わったようだった。

錯覚ではない。

それはきっと障子によって陽射しが遮られているために、光そのものがやわらかくなっているのだ。

そんな風に納得すると、ふいに、洋服を脱いだお母さんの姿をこの和室の光の中で眺めたら、どんなに美しく見えるだろうかと思った。

息遣いが荒くなる。

深いため息に似た長い息が時折、それに混じる。

パンツの中で息づいている肉樹が大きく跳ねる。皮はすでにめくれているが、お母さんの太ももにそれが当たりながら、さらに成長を遂げていく。

股間に細い指が伸びてきた。

玄関で互いにまさぐりあっているだけに、細い指には遠慮めいたものは感じられない。すぐさま黒色の学生ズボンのファスナーを下ろすと、パンツの上から肉樹を握ってきた。

静まり返った和室に、せつなさの混じった甘い声が響く。

「ああっ、やっぱり逞《たくま》しいわ……」

「ぼく、我慢できません」

「わかっているわ。ピクピクと動いているのが伝わってくるもの」

「お母さんに早く、直《じか》に触れたいんです、ぼく」

「それだけ？」

「お母さんのすごく熱くなっているところに深く入りたいです」

「あん、素敵な言い方ね」

「いいですか」

「だめよ、まだ。わたしが君を味わってから。その後でね、いいでしょ」

指がパンツの窓に侵入してきた。

幹を包む皮が張りつめる。

指の腹がゆっくりと、幹に浮き上がった筋や血管の細かい凹凸《おうとつ》を慈しむようにひとつひとつ丁寧に撫でていく。

つけ根に辿《たど》り着くと、三本の指を使って皮を引っ張り下ろした。

膨らんだ笠が歪《ゆが》む。

裏側の敏感な筋がひきつれる。

先端の小さな切れ込みがまるで線のようになっているのを感じる。

空いているもう一方の手も股間に伸びてきた。

肉樹を愛撫してくれるのかと思っていたら、軀をずらしながらベルトとズボンのボタンを外した。

パンツから手を抜き、ズボンを脱がしてくれた。大地はその間に、腹筋を使って上体を浮かしながら、アディダスのウインドブレーカーにつづいて学生服とワイシャツを脱いだ。

ゴールデンウィークなのだから学生服を着ることはなかったが、これしか外出した時にさまになる洋服は持っていなかったのだ。それもしかし左側の袖口《そでぐち》のあたりが破れかけていて、外出着の役割をしなくなりそうだった。時計のベゼルが当たっているせいで、生地のほつれがひどくなっていた。

パンツはどうか。

新品に近いもので、見られて恥ずかしいことはない。けれども、川上先生の部屋に泊まって朝帰りしてすぐお母さんを訪ねてきたので着替えていなかったから、できることならパンツも脱いでしまいたかった。

お母さんの手がパンツのウエストのゴムにかかった。

大地は腰を浮かして協力する。

細い指はためらうことなく、いっきに膝のあたりまでパンツを下ろした。

肉樹が下腹を打ちつけた。

線のようになっていた小さな切れ込みが元の姿に戻っている。そこから透明な粘液が溢《あふ》れていて、跳ねて戻った拍子に、下腹にくっついた。離れていく時、ほんのわずかに糸を引いた後、弾けるようにして切れた。それが微細な白っぽい粒となって落ちていくのがはっきりと見て取れた。

「やっぱり、仰向けになっても、逞しさは変わらないわ」

「お母さんに触られていると、すごく元気になるんです」

「東京で淋しいって思った時、君の逞しいおちんちんを何度も思い出していたのよ」

「ぼくも、同じです。お母さんのおっぱいのことを、布団に入った時だけじゃなくて、授業を聞いている時にも思い出していました」

「だめ、そんなの」

「いけないって思っていても、きれいなおっぱいが頭の中に浮かんできちゃうんです。それだけじゃなくて……」

「うん？」

「いえ、いいです、それだけです」

「どうしたの？　言ってごらんなさい。つづけて何か、言いたかったんでしょ。ごまかそうとしてもわかるわ」

「なんだか恥ずかしくなっちゃったんです、ぼく」

「そんな風に言われると、お母さん、悲しくなっちゃうな」

「ごめんなさい」

「ほら……、言いなさい」

「お母さんの乳首とか、うるんでいる秘密の場所に、口をつけたり、舌を伸ばしているのを思い出すんです」

「授業中に？」

「すごく困ってます」

「ふふっ、どうしてなの」

「先生の話に集中できないから。それに指されても、すぐには立ち上がれませんから……」

そこまで言ったところで、肉樹が跳ねた。お母さんに話したことは誇張でもなければ、つくり話でもない。

最近もつい数日前の英語のリーダーの授業中にそれが起きていた。先生に指示された範囲の英文を、席を立って読むように言われた時にちょうど鋭く勃起《ぼっき》していた。

名前を呼ばれてハッとした。

普通は指されただけで勃起がおさまるはずなのに、その時はなぜか勢いは衰えなかった。学生服を脱いでいたこともあってよけいに席を立てなかった。しかもすぐ隣にはサッカー部の佐藤が坐っていた。学校のトイレで自慰をしたことがあるという男だけに、勃起にひどく関心があることがわかっていた。彼の視線が真っ先に股間に向けられることはわかっていたのだ。名前を二度呼ばれ、先生の声が苛ついてきたところでようやく、勃起を鎮《しず》めることができた。

お母さんのことを考えるからなのか、自分の性欲の強さが原因なのか、それとも成長の過程で当然のことなのか。理由はわからないが、一昨年よりも去年、さらに去年よりも今年のほうが勃起が強まっている気がしてならない。なにしろ、いったん勃起するとなかなか鎮めることができなくなっているのだ。

「おちんちんがやわらかくなった後は、どうなの？」

お母さんが肉樹のつけ根を摘みながら低い声で訊《き》いてきた。

「どうって、言われても……」

「おうちに帰ってから、自分で鎮めたりするのかしら」

「そんなこと、ありません。サッカーの練習をやって帰ると、疲れて寝ちゃいますから。それに授業のことを思い出すことはほとんどないんです。胸の奥がモヤモヤしていたなあと思い出すことはあっても、そのまま放っておいても平気なんです」

「ほんと？」

「そうですよ」

お母さんが大げさと思えるくらいの驚いたような声をあげ、かわいそうね、君の軀の奥のほうに溜まったままのモヤモヤを、わたしがきれいに消してあげるわ、と低く囁いた。

大地は下腹から性欲が迫《せ》り上がってくるのを感じた。

肉樹が勢いよく跳ねた。

和室の穏やかな光が一瞬、震えたようだった。

仰向けになった下腹に沿うように成長している肉樹が垂直に立てられた。お母さんが顔の前にかかっている長い髪を、のけぞりながら梳《す》き上げる。

視線を送ってくる。

潤《うる》みが厚くなっている。ほんの小さなさざ波が立ちつづけていて、妖しい翳《かげ》のようなものが見え隠れしている。

(ワンピースを脱いで欲しい……。直接、触れあいたい)

欲望が全身を巡っていくのを感じながら、大地はそう思った。ワンピースの脇腹のあたりを指先で摘み、押し下げた。

「お母さん……」

「なあに」

「脱いで欲しいんです」

「ふふっ、わかったわ」

「脱がしましょうか」

「君はこのまま仰向けになっていていいわ。だからおちんちんが小さくなったりしたら、承知しないわよ」

睨みつけるような表情をつくった後、ふふっと笑みを洩《も》らした。茶目っ気たっぷりの表情に、お母さんが二〇歳以上も離れていることを忘れてしまいそうな気がした。

パンティだけの姿になった。パンティには薔薇《ばら》をモチーフにしたレースがふんだんにあしらわれていた。

お母さんも火照《ほて》りが全身に拡がっているのがわかった。頬から首筋にかけての赤みが脇腹やおへそのあたり、そして太ももまで同じ色合いに染まっていた。

肉樹がもう一度、垂直に立てられ、お母さんが顔を近づけてきた。次の瞬間、くちびるが半開きになったかと思ったら、口の奥まで深々とくわえられた。

(ああっ、気持がいい……)

うっとりした。

口の中のぬくもりが直に、笠や幹を通して伝わってくる。お母さんもまた同じように、肉樹の熱気や感触を味わっている風だ。

口全体を使って肉樹を吸う。

高ぶりに任せて、舌を乱暴に使うことはない。

筋や血管の凹凸《おうとつ》や、笠の形状、笠と幹を隔てる溝の凹《へこ》みの感触を、ゆっくりとひとつひとつ丁寧に舌と口の中とくちびるで確かめているようだ。

そうしたお母さんのゆったりとした心もちが伝わってくるせいか、肉樹から生まれる快感も鋭く強烈なのにおおらかだった。

幹の裏側で迫り上がっている嶺を、力を入れていない舌が張りつきながら上下する。唾液が幹をつたって流れ落ちる。つけ根からふぐり、太もものつけ根まで濡れていく。

左のてのひらがふぐりを包み込む。やさしい手つきで、唾液を拭うように揉む。引き締まった皮はほぐれることなく、逆に、さらに硬くなり皺《しわ》の溝も深くなる。

(なんてやさしいんだ。お母さんがぼくのことを愛しく思っている気持が伝わってくるよ

……。これは絶対、勝手な想像とか錯覚ではない）

胸の奥底が熱い。

愛《いと》しさだ。

全身を巡っている性欲とその気持が混じり合う。

肉樹が膨脹した。

愛しさが勃起をうながしている。

普通に考えれば、そのふたつはつながらないと思ったが、心と躯はそれを自然に受け入れていた。

「山神君……、ねえ」

お母さんが顔を上げ、肉樹を離しながら声をかけてきた。唾液に濡れたくちびるが畳のい草の薄緑色を映し込み、艶《つや》やかに輝いた。パンティを脱がして欲しいとでも言うのかと思ったが、まったく違っていた。

「うつ伏せになってくれるかしら」

「ここで、ですか」

「直に畳の上じゃ、いや？」

「そんなこと、ありません」

「だったら、ねっ、お願い。君のそのプリプリしたお尻も味わいたいの」

大地は素直に従った。

うつ伏せになる。

肉樹が下腹部と畳に挟まれたまま跳ねる。畳のひんやりとした感触が気持いい。火照りが冷まされていくような気がしたが、畳の目をはっきり感じられるようになるにつれ、陰部の熱気は強まっていくようだった。

足の間にお母さんが入った。

お尻のなだらかな丘に、舌がつけられた。ヌルヌルとしていて、唾液をたっぷり塗り込んでいるのがわかった。くすぐったいような気持いいような微妙な感触が拡がったが、しばらくすると快感だけになった。

腰が自然と動く。

畳に肉樹を押しつけることになる。笠がひしゃげ、皮が張りつめる。畳の目に、裏側の敏感な筋が擦られる。

「少し、腰を浮かして……」

お母さんが掠《かす》れ気味の高ぶった声を背中に投げてきた。それにも大地は素直に従った。

肉樹が畳から離れると、ふたたび、お母さんがお尻の丘を舐めはじめた。気持がよかった。ここにも確かに性感帯があることを大地は知った。

唾液をたっぷりと塗り込みながら、腰から太もものつけ根に舌が這った。それは二度繰り返された。

そこでいったんお母さんが体勢を整え直した。

三度目がはじまった時、肉樹が刺激を受けた。

（あれっ？　なんだ）

大地は咄嗟《とっさ》には、その刺激が何かわからなかった。

幹を包む皮がつけ根に向かって引き下ろされてはじめて、お母さんの指だとわかった。

（お尻とおちんちんを同時に、可愛がられているんだ……）

頭の芯が痺れた。

ふたつの別々の快感がひとつになると、まったく新しい愉悦が生まれてくるのだと、大地はうっすらと思った。

下腹に力を込めなくても、肉樹の先端から透明な粘液が溢れてくる。唾液が口の中に溜まる。呑み込むと、それもまた刺激となるらしく、透明な粘液が流れ出すのだ。

大地はくちびるを嚙み締めた。

そうでもしていなければ、うつ伏せでお尻を浮かした状態を保っていられない気がした。

「お母さん、すごい……」

「気持いいでしょ」

「軀が浮いちゃいそうです」

「山神君の軀、とっても美味しいの。もっともっと味わいたいわ」

呻《うめ》くようにそう言い放つと、ううっと腹の底から響いてくるような喘《あえ》ぎ声を洩らした。

四つん這《ば》いになったまま、大地は腹の底から湧き上がってくる快感が全身に拡がるのを味わっていた。

（すごいよ、お母さん……）

お尻の左右の丘を、唾液をたっぷり載せた舌で丹念に舐められる。同時に、硬く尖《とが》った肉《にく》樹《みき》をしごかれる。お母さんの荒い息遣いが静まりかえった和室に響く。湿った鼻息が太もものつけ根にふきかかる。

肉樹だけでなくお尻からも強烈な快感が迫《せ》り上がってくる。

どちらか一方の快感だけに意識を集中することができない。かといって、同時にふたつの快感をじっくり味わうゆとりもない。

大地はお尻をブルブルと小刻みに震わせた。そうでもしていなければ、頭の芯の痺《しび》れが強まり、何も考えられなくなりそうだった。

とろりと透明な粘液が流れた。

ふぐりの奥の火照《ほて》りが、先端の笠の小さな切れ込みにまで伝わったようだった。それがきっかけとなって絶頂に向かう兆《きざ》しが生まれてもよさそうなのに、白い樹液が波立ちもしなかった。

（どうしてなんだろう……）

不思議に思えてならなかった。

快感が強すぎると射精に結びつかないのか、この快楽は射精をうながす快楽とは違うのかもしれない、といったことを痺れている頭で考えた。どちらも正解のようにも思えたが、その一方では別に答があるようにも感じられ、そうしたこともまた不思議だった。

お母さんのてのひらがじっとりと汗ばんでいる。

生温かいぬくもりとヌルヌルした感触とふぐりからの火照りが混じったような気がした。

瞼《まぶた》を閉じたまま、大地は喘《あえ》ぎながら声をあげた。

「ああっ、気持がいい、お母さん。すごくいいんです」

「わたしも気持がいいわ」

「そうなんですか」

「山神君が悦《よろこ》んでくれると、わたしもとってもよくなるの」

お母さんが舌の動きを止め、呻くような声を洩らした。

腹の底がうねった。

（この気持よさをお母さんにも味わってもらいたい……）

大地は痛切にそう思った。

快楽が膨らみ、全身に満ちていけばいく程、その思いは強まった。

浮かしている腰を落とした。

畳にうつ伏せになった。

熱を帯びた肉樹が冷やされた。

大地はふうっと深く息を吐き出した。高ぶりがわずかにおさまった。胸の奥に芽生えていたお母さんへの愛しさの輪郭がくっきりと際立った。

半身になった。

お母さんと視線が絡んだ。

口紅がすっかり剝がれていて、唾液で濡れたくちびるの周りがギラリと輝いた。

起き上がり、女坐りをした。

向かい合うと、互いに軀を寄せ合うように自然と抱き合った。

豊かな乳房だ。たっぷりとしていて、やわらかみが感じられる。呼吸をするたびにすそ野が波打ち、上向き加減の乳首が小刻みに揺れている。脇腹に近い乳房のあたりにはブラジャーで締めつけられていた赤みの濃い痕《あと》が見える。

大地は知らず知らずのうちに、一ヵ月前のお母さんの軀と今の状態を比べていた。東京には美味しいものがたくさんあるだろうから、きっと太っているはずだ、と考えていたのだ。だが、どこにもそんなところはなかった。それどころか、女坐りをしているというのに、以前見られた下腹部の太い皺がなくなっていて、痩せたのではないかとさえ思えた。

(東京という場所は、やっぱり大変なところなのかな……)

お母さんに気持よくなってもらいたいという思いが膨らんだ。

「お母さんも裸になってください」

「ふふっ……、どうしたの？　わたしが君のことを味わっていたのよ」

「久しぶりだから、ぼくだって、お母さんをゆっくりと味わいたい……」

「気を遣わなくてもいいのよ」

大地はそれには応えず、お母さんのパンティのウエストのゴムに指をかけた。レースをふんだんにあしらったそれは汗を吸っているからだろうか、ざらついたところがなく、しっとりとしていた。

お母さんをうつ伏せにすると、パンティを脱がした。

(なんてきれいなんだ)

大地は膝立ちして、お母さんを見下ろしながら、口に溜まった唾液を呑み込んだ。

長い髪が広がっている。うつ伏せになったために潰れた乳房が、脇腹のあたりからよく見える。ほくろひとつない背中がほんのり桜色に染まっている。くびれたウエスト、張り出した腰、ふっくらとした厚みのあるお尻が成熟した女性であることを見事に表しているように思えてならない。

「すごく、きれいです」

「いいのよ、今さらわたしにお世辞なんて言わなくたって」

「そんなんじゃ、ありません。一ヵ月前よりも、ぼく……」

「ふふっ、なあに。途中で止められたら、気持悪いわ」

「ぼく……」

「ほら、言いなさい」

「一ヵ月前よりも、ぼく、お母さんのこと、もっともっと愛しくなっているみたいです」

「あん……」

お母さんの背中がうねった。お椀をふたつ並べたような厚みのあるお尻の丘が一瞬、キュッと引き締まった。

背中を覆うようにしながら軀を重ねた。屹立《きつりつ》している肉樹が、お尻がつくる谷間を塞いだ。

(お母さんに愛撫で気持よくなってもらいたいけど、今すぐつながりたい……)

迫り上がってくる欲望が抑えられない。熱気が肉樹に鋭く伝わり、脈動が何度も駆け上がっていく。

それでも大地はぐっと堪えた。

華奢《きゃしゃ》な肩に舌を這わせた。

畳に広がった長い髪が揺れた。お尻が引き締まったり、緩んだりを繰り返した。そうしたお母さんの軀の反応によってようやく、挿入したいという欲望が鎮まった。

背骨のあたりの凹みに沿って舌で舐め下ろした。甘い香りがする。生々しく濃い味が口に拡がる。桜色に染まった背中が赤みを濃くしていく。肌の火照りが強まっていくのを舌先で敏感に察知する。

お尻がつくる谷間の端に辿り着くと、大地はふうっと長く息を吐き出した。甘い香りが和室にさっと拡がり、それに包まれていく。

「お母さん、お尻を上げてもらえませんか……」

「上げるって？」

「ぼくがさっきまで、やっていたみたいな恰好です」

「そうね、わかったわ。山神君にそうしてもらったんだから、恥ずかしいなんて言っていられないわね」

「そうですよ」

「ほんとはすごく、恥ずかしいのよ」

ふっくらとしたお尻が上がる。

美しかった。

ウエストのくびれから張り出した腰、そしてお尻、太ももに至る曲線が艶を放っていた。

さらにお尻が上がった。

太ももつけ根とお尻がひとつになったようだった。

お尻がつくる谷が浅くなる。

(割れ目が剝き出しになった……)

外側の厚い肉襞《にくひだ》がぷくりと膨らんでいる。うるみが溢れていて、肉襞にとどまらず、太ものつけ根にまで流れ出している。陰毛の茂みがブルブルッと震え、それに合わせるように厚い肉襞がゆっくりと波打つ。

左右の膝の間隔を広げるようにうながすと、お母さんが黙ったまま膝をずらした。息遣いが荒くなった。

四つん這いになった恰好で、背中を丸めたり、反らしたりしている。割れ目の肉襞がそのたびにうねり、少しずつめくれていく。障子から透けてくる昼の光がそれをくっきりと映し出す。

大地は屈《かが》み込み、くちびるをお尻につけた。

張りのある腰が揺れ、

「ううっ……」

という短い呻き声が洩れた。膝の開き方がさらに広がり、肉襞のめくれ方も大きくなった。お尻から太ももにかけて、舌ですっと舐め下ろした。そのまま舌を離さず、割れ目に舌をつけた。

甘さの濃い生々しい味が一瞬にして口いっぱいに拡がった。舌をつけてみると、肉襞が小刻みに震えているのを感じた。それは近くで眺めていた時には気づかなくても仕方がないくらい小さく微妙な震え方だった。

舌先を尖《とが》らせた。

割れ目の溝にねじ込むようにして舌先を差し入れた。舌を上下に動かす。そうしながら同時に、右手を太もものほうから回し込んで、陰毛の茂みにあてがった。

敏感な芽を探った。

陰毛をかき分けると、円錐の形をした突起を肉襞の端で見つけた。

指先で円を描くように撫でた。舌の動きを今度は左右に変えた。

「ああっ、いいっ」

「もっともっと、気持よくなってもらいたいんです」

「これ以上、無理だわ、ああっ」

「敏感なところが硬くなっているのが指でもわかります」

「うれしい……。こんな風に愛されるなんて、ああっ、素敵」

左右に動かしていた舌に、上下動も加えた。顔をお母さんの割れ目に押しつけ、体重をかけた。指先と舌がすぐ近くで動いているのを感じて、性欲が膨らんだ。

左手を浮かしてみる。顔を押しつけているおかげで、なんとかそれができる。そのままの状態で、左手をぐっと伸ばして乳房に触れてみる。

乳首を摘んだ。

硬くコリコリしていた。

乳輪が乳房から迫り上がっている。乳輪に浮かぶ小さな凹凸をかすかに感じる。乳首が小刻みに震える。それに連動しているのかどうかわからないが、割れ目の内側の肉襞が、同じリズムでうねった。

「すごいわ、ああっ、ほんとにすごいわ。こんなこと、わたし、してもらったことないわ」

「そう言ってもらって、ぼく、うれしいです」

額《ひたい》をお尻に押しつけるようにして、割れ目からくちびるを離した。もちろん左右の指は動きを止めなかった。苦しい体勢だったが、お母さんが悦《よろこ》ぶことだから厭《いや》ではなかった。

「きて、わたしに入って」

「もっといい気持になってください」

「君とひとつになりたいの。ああっ、わたし、我慢できない」

「いってもいいですよ」

「そんなこと、できない。ずっと東京でひとりだったのよ。一緒に昇って。わたしと一緒にいって」

大地は額を離すと、上体を起こした。

髪の生え際《ぎわ》から眉毛までじっとりと濡れていた。汗なのかそれとも割れ目から溢れたうるみなのかわからなくて、手の甲で拭ってそれを舐めたが、どちらともつかなかった。

割れ目に視線を遣《や》った。

透明な粘液のはずなのに、わずかに白っぽく濁っていた。高ぶってくるとそんな風にうるみが変わるのだ。なぜそうなるのかわからないが、割れ目の奥のほうも興奮していることだけは確かだった。

お母さんが四つん這いになった恰好で、荒い息をしている。背中の濃い赤みがいつの間にか、鮮やかな朱色に変わっていた。割れ目の外側の肉襞が、めくれたかと思ったら、元に戻ったりをゆっくり繰り返している。

膝立ちの状態で、大地は腰を近づけていった。

肉樹が下腹を打ちつける。湿った音が静かな和室に響く。お母さんの息遣いがそれを消し去る。触れていないのに、ううっ、という呻き声が首筋のあたりから湧き上がる。割れ目の鮮やかなピンクが濃くなり、うるみが鈍い輝きを放つ。

このまま挿《さ》したかった。

後ろから交わるという欲望が迫り上がった。大地はしかし、くちびるを嚙み締めてぐっと堪えた。

(一ヵ月ぶりにひとつになるんだ。お母さんを見つめながら、ひとつになって、昇っていき

たい)

欲望に任せて、後ろから荒々しく交わることも愛しさの表し方かもしれないと思ったが、そんな風にはとてもできなかった。

白い樹液を放つのを優先するならそうしたかもしれないが、そうではない。愛しさを伝えることが目的だし、お母さんのやさしさを全身で感じ取ることが自分の深い欲望だとうっすらとではあるがわかっていたのだ。

「仰向《あおむ》けになってください」

「どうして?」

「言葉にすると陳腐だけど……。ぼく、見つめ合いながら、ひとつになりたいんです」

「ああっ……。君の心はきれいなままだったのね。それに、すごく成長しているのね」

お母さんが仰向けになった。

たっぷりとして豊かな乳房は仰向けになっても、美しい形をほとんど変えなかった。鮮やかな朱色に染まっていた。迫り上がっている乳輪と硬く尖った乳首の肌の色合いも、濃さを増していた。

お母さんの足の間に入ると、躯を重ねた。腰を動かし、下腹に沿うように屹立している肉樹を操《あやつ》った。

笠を割れ目の溝にあてがった。

肉襞が熱気をはらんでいた。めくれたり、形を元に戻したりを繰り返す。うるみが溢れ、笠をつたってふぐりにまで流れてきた。

「きて、さあ、きて」

「はい、お母さん」

「いく時は一緒よ」

「すぐにいっちゃいそうな予感がしています。我慢できそうにありません」

「いいの、女はね、男の人の絶頂に合わせられるものなの」

「そうなんですか」

「そうよ。だから、いくのは一緒よ。いいわね」

大地はうなずいた。

腰をいっきに突き上げた。

鋭い快感とともに、絶頂の兆《きざ》しがふぐりの奥で生まれるのを感じた。

（いきそうだ……）

大地は全身に拡がる充実感とともに射精の予感に震えた。

第二章　ゆかりと自然の中で

ゴールデンウィークはあっという間に最終日になった。

狩野川《かのがわ》べりの遊歩道を歩いていた大地は立ち止まり、ふうっとひとつ息を吐き出した。

(やっと終わりか……。今年は辛《つら》い休みだったな)

今年は家にいないように努めた。

朝から酒を呑《の》みつづける父の姿を見ていることが、ひどく苦痛だったからだ。そうした光景は、毎年見慣れていたはずなのに、どうしたことか、今年に限ってそれを目《ま》の当たりにしていることが忍びなかった。

その理由は漠然とではあるが、大地自身もわかっていた。

長い休みの初日に小泉ゆかりのお母さんと会った。肌を重ねた時のやさしさに包まれた幸せな気持が、酒に酔っぱらって愚痴《ぐち》を吐きつづける父の濁った声を耳にするとぶち壊されてしまう気がしたのだ。

センターフォワード志望の佐藤やゴールキーパーを目指している望月の家に朝から遊びに行ったりしていた。さすがに連日、家を空《あ》けているわけにもいかなくて、母の命令どおりに掃除の手伝いをしていた。

今朝、掃除をはじめた母を、父が大声で怒鳴っている。酒を味わっているのに、どうして邪魔をするんだ、おまえなんか出ていけ。耳を覆いたくなるような言葉を延々と、父はよだれを垂らしていることにも気づかず呟《つぶや》きつづける。大地はいたたまれなくなり、掃除を投げ出し、逃げ出した。

自転車に乗ろうとしたが、後輪の空気が抜けていて、パンクしたことに気づいた。それで仕方なく、歩いて修善寺《しゅぜんじ》の町中までやってきたのだ。

初夏を思わせる陽射しだ。

上り車線が、他県のナンバープレートの車で渋滞している。その逆に、修善寺の市街へ向かう下り車線は空いている。フロントガラスに陽が反射して、キラキラと輝く。

遊歩道が途切れた。

大地は土手になっている遊歩道から車道の脇の歩道に下りた。

行くあてなどなかった。

慌《あわ》てて家を出てきたので財布を持って出てこなかった。缶ジュースを買うこともままならなかった。

ベンチに坐っているのも飽きてしまい、父が眠ってしまう夕方まで時間を潰すことができないかと憂鬱《ゆううつ》な気分になっていた。

クラクションが後方で鳴った。

歩道を歩いていたが、大地はさらに道路の端《はし》に寄った。

車はしかし、走り去っていかなかった。

あれっ……。

停車したのかと思ってチラと車に目を遣《や》ったが、すぐに視線を逸《そ》らした。妙な言いがかりをつけられたら怖いと思ったのだ。

車は歩く速度と同じ速さでゆっくりと前進をつづけた。

(遊歩道の土手に逃げたほうがいいかな。車から降りてまで、言いがかりをつけてくることはないだろう)

大地はうつむきながらも、五〇メートル程先の階段を確認した。そこまで何事もないかのように歩いたら階段を上り、その後は走って逃げればいい。そんなことを考えながら、目の端で車の動きを注視していた。

「山神君……」

女性の声だった。しかもそれは、車の開いた窓から響いてきたのだ。

大地は立ち止まった。

車が歩道に乗り上げてきた。

「山神君、わたしよ、わからない?」

もう一度、女性の声が響いた。朗《ほが》らかさと艶《つや》やかさが入り混じっている声だった。

車の中を覗《のぞ》き込んだ。

(ゆかりさんだ……)

化粧品の甘い香りと煙草《たばこ》の臭いの混じった濃い匂いが鼻腔《びくう》に入り込んだ。

高校時代の長い髪が、さらに長くなっている。紫がかったピンクの口紅を塗っている。どうやら化粧をしているようだ。

真っ白のブラウスに薄いブルーのスカートを穿《は》いている。乳房が浮き彫りになっている。ハンドルを握っていても乳房の豊かさは見て取れる。

「ゆかりさん?」

「ふふっ、そうよ。がっかりだな、わからないなんて」

「そうじゃありません。いきなり車が寄ってきたから、何か言いがかりをつけられるんじゃないかと思って、警戒していたんですよ」

「あらっ、わたし、山神君を怖がらせちゃったみたいね。ごめんなさい」

「いいんです、怖がるって程ではないですから。それよりゆかりさん、いつ帰ってきたんですか」

「これから家に帰るところ」

「それじゃ、ゴールデンウィークはずっと東京だったんですか」

「ううん、大学の友だちの実家に、そこは金沢なんだけどね、行っていたの。明日はわたし、授業がないから、一泊して母と一緒に戻るつもりよ」

「そうですか。お母さん、待っているでしょ。こんなところで寄り道していることないですよ……。ゆかりさんと会えてうれしかったです」

「なあに、それ。せっかく会ったのに、あんまりな言い方じゃない？　今日は山神君、歩きみたいね」

「自転車、パンクしているんです」

「だったら、ほら、乗って。わたしがどこでも送っていってあげるわ」

ゆかりにうながされ、大地は助手席に乗り込んだ。反対車線の渋滞中の車に乗っている人たちに見られているのを感じた。

まずいところを目撃されたと思いながらも、こんな素敵な女性の車に乗り込むことができるんだという誇らしさが胸の裡《うち》に混在していた。

車が走り出した。

国産の車だが、車種まではわからない。

修善寺の町内を通り抜ける。

ゆかりが東京の大学に行ってから一ヵ月以上が経っている。久しぶりの再会なのに、会話は少しも弾《はず》まない。

あまりにゆかりが変わっていたからだ。車の免許を取ったことも驚いたが、なによりも、彼女が大地の想像をはるかに越えて大人びた雰囲気を漂わせるようになっていたし、生き生きとしていたのだ。天真爛漫さが翳《かげ》をひそめ、妖艶さが増していた。ゆかりが別人になってしまったような気さえした。

「どうしたの？　暗い顔して」

ゆかりが正面を向きながら、声をかけてきた。

横顔が美しい。

近づきがたい雰囲気が漂っている。

高い鼻、薄いくちびる、尖《とが》った小さな顎《あご》、皺《しわ》ひとつない首筋。そして胸元から豊かな乳房にかけての女性らしいライン。大地は半身になって彼女のほうを向いたまま、うっとりしながら見つめた。

「黙っていないで……。ねえ、山神君、いつもの君らしくないなあ」

「そんなこと、ありません」

「そうかなあ。何か少しは話をしてくれるとうれしいな」

「だって、ゆかりさん。ゴールデンウィーク三日目に帰ってきてくれるって電話で話していたでしょ。ぼく、ずっと待っていたんです。それにあの時の話では、電車を利用するって言ってました」

「そうだったわね……、ごめんね。実は金沢に行くつもりだったんだけど、チケットがまったく取れなかったのね。それが前日になって、キャンセルが出たとかで、幸運にも取れちゃったの。どうしようかと迷ったんだけど、行っちゃったのよ。わたし、電話しておけばよかったわね」

「そういう事情だったら、仕方ないですよね」

胸の裡《うち》ではしかし、電話をするのを忘れるってことはきっと、男の人と旅行にでも行ったんでしょ？　と恨みがましさや嫉妬《しっと》の混じった想いがグルグルと巡っていた。考え込むうちに、それが真実のように思えてきて、ゆかりがとっても遠い存在に感じられた。

「そんなに暗い顔しないで、ねっ、お願い」

「ごめんなさい。そんなつもりじゃないんだけど……」

「そう？　でも、何か雰囲気が変なのよね。山神君、悩みでもあるのかな」

大地は黙って応えなかった。父のことだから、悩みのタネであっても自分の悩みではない気がして、ゆかりに言うのがはばかられた。

車は市街地を抜けた。

この先にあるのは、自分の家くらいで喫茶店などはない。再会したばかりなのに、家に送ってくれるのかと思っていたら、車は自宅の前も通りすぎていった。

「どこに行くんですか」

「あのね、とっても素敵な場所があるの。修善寺の町が一望できるところ。君をそこに連れて行きたくなっちゃったんだ」

正面を向いたまま、ゆかりが穏やかに言った。

そういうことが、以前にもあったのを大地は思い出した。近所のお姉さんの軽自動車で連れていかれた。そこはミカン畑を登っていった場所だ。

(まさか同じところだったら、どうしようか……)

だが、その心配はすぐに消えた。ゆかりがハンドルを左に切ったのだ。ミカン畑は国道を右に折れ、林道を走った先にあったはずだった。

あの時の林道と同じような狭い道を登っていった。

なだらかな坂道を登りきったところで車は止まった。

畑などはなかった。林道の途中の空き地のような場所だった。けれどもそこだけ雑木林《ぞうきばやし》がなく、ぽっかりと空間がつくられていた。

フロントガラス越しに、修善寺の町が見下ろせた。お姉さんと一緒に見た場所と方角が似通っているのに、まったく別の景色に思えた。

(女性っていうのは、こうした自分だけの秘密の場所を持っているものなのかな……)

大地はゆかりの横顔を、彼女に気づかれないように見ようと思ってすっと目を遣った。だが、彼女も風景を見てはいなかった。

視線が絡《から》んだ。

横顔を盗み見ようと思っていたからいくらか慌てた。

太陽が雲に隠れたようだ。

車内がさっと暗くなった。

風が吹き抜け、雑木林がざわめいた。

ゆかりが手を差し出してきた。

ピンクのマニキュアがキラリと光った。指先が太ももに置いた手の甲まで伸びてきた。そのまま強く握られた。

「今までどおりの君でいてね」

ゆかりが湿った低い声で囁《ささや》いた。彼女の荒い息遣いが車内にかすかに響いた。乳房のあたりが前後に大きく動くのが目に入った。ブラジャーのレースがブラウスに透けて見えた。

煙草の臭いがいつの間にか消え、化粧品の甘い匂いに包まれていた。

二重まぶたを開くたびに、瞳を覆う潤みにさざ波が立つ。口元に笑みを湛《たた》えていて、時間を経るにしたがって、妖《あや》しさが加わっていくような気がしてならない。

近寄りがたい雰囲気が少しずつ薄らいでいった。同時に、彼女への愛《いと》しさがこみあげてきた。握られている指先から、ぬくもりが伝わってくるのを感じる。てのひらが湿り気を帯びていて、それが彼女の愛情の確かさの証《あかし》に思えてならない。

（大学生になっても、ゆかりさんは変わってはいないんだ）

そう思いながら、大地のほうが今度はゆかりの手に触れた。

不思議なことに、手を握っているだけで胸が高鳴り、口の中がヒリヒリするくらいまで渇いた。

「どうしたの？　さっきまでと顔が違うわよ。ニヤニヤしちゃって」

ゆかりが軽やかな声をあげた。重苦しい空気がようやく和《やわ》らいだ。

「ぼくたちって、会っていなくても以前と変わらないなって思ったんです」

「ううん、違うと思うわ」

「えっ？」

「そうじゃないわ。ふたりとも別々の環境になっているんだから、同じではないと思うわ」

「気持も、違うってことですか」

「そう思うわ」

「それって……」

大地はそこで言葉を呑み込んだ。環境が変わったことが別れにつながる、とでも言うつもりなのか。話の流れから推《お》して、そうとしかとれない。

それならどうして、彼女のほうから触れてきたりしたんだ。それが彼女なりの穏便な別れ方だとでもいうのか。

頭の芯《しん》が痺《しび》れた。全身から細かい汗が吹き出すのがわかった。胸板に浮かんだそれらがひとつになり、腹筋がつくる谷に沿ってパンツに流れ込んでいくのを感じた。

「山神君、ずいぶん怖い顔ね」

「だって……、今までと同じではないって言うから」

「そう、そのとおりよ。わたしたちの関係もね、きっと、成長しているの」

「同じ方向に向かって成長しているんですよね」

大地は恐る恐るそう訊《き》いた。

するとすかさずゆかりが、どうしてそんな風に考えるのかしら、いやあね、わたしって信用ないんだなあ、と笑みを交えながら声をあげた。

「よかった」

「ふふっ……。山神君、疑心暗鬼になっているでしょ。顔にそう書いてあるわよ。だったら、そうね、証拠を見せてあげるわ」

ゆかりが笑みを浮かべた。

妖しさが表情に満ちていた。高校時代に漂わせていた妖しさとは違って、淫靡《いんび》さも備わっているようだった。

（証拠って何だろう）

ゆかりが手を引き抜いた。

短く一度、咳払いをすると、いきなり屈《かが》み込むようにして陰部に手を伸ばしてきた。長い髪が垂れ、美しい顔が隠れた。

「君の肌に触れたかったの。君のおちんちんの熱さを感じたかったの」

ゆかりが指を動かした。

陰茎が鋭く反応した。坐っている窮屈な状態にもかかわらず、いっきに膨脹した。笠を半分程覆っている皮がめくれながら、幹が右斜めのまま成長していった。それはまたたく間に、逞《たくま》しい肉樹《にくみき》となった。

「ああっ、おっきい」

「ゆかりさん」

「触ってもいいでしょ？」

「ぼくもずっと、触って欲しいって思っていました」

「うれしい……」

「ゆかりさんを感じたかったんです」

「わたしも」

太ももを撫でていたゆかりの指が、ファスナーをさっと下ろした。

パンツから肉樹が引き出された。

ゆかりの表情を垣間見《かいまみ》た。

妖しさが増していた。くちびるを半開きにすると、肉樹に顔をゆっくり寄せてきた。

赤紫色の口紅を塗ったゆかりのくちびるが近づいた。

（ゆかりさんに、ああっ、くわえてもらえるんだ……）

大地は助手席のシートに背中を押しつけて硬直させ、彼女のくちびるを待ち受けた。

腹の底から期待が満ち、ブルブルと震えた。ズボンから突き出た肉樹が鈍い輝きを放ちながら、何度も小さく跳ねた。透明な粘液が先端の笠の切れ込みから滲み出てきて、裏側の敏感な筋《すじ》をつたって流れ落ちた。

久しぶりにゆかりにくわえてもらえる。胸の奥の抽出《ひきだし》に、凍結させてしまい込んだ彼女への想いが、今、ようやくゆっくり溶けていく。

だが、すぐにくわえてもらえはしなかった。

触れるかどうかのギリギリのところでいったん、ゆかりが動きを止めた。

どうしたんだろう。

いぶかしく思ったが、大地は腹筋に力を入れたまま、じっと待った。

彼女には何度となく驚かされてきたのは確かだ。けれども、気が変わったとか厭《いや》になったといった理由にならないことを言って、くわえるのを中止したりしたことはない。

ゆかりがどんな風な気持でいるのか、背中に視線を遣《や》ったり、彼女に触れている太ももに神経を集中して、真意を見極めようとした。熱気が背中からも、ウエーブを緩《ゆる》やかにかけている長い髪からも匂い立ってくるのを感じた。

ためらっている様子ではない。

鼻息なのか半開きにしている口からの息なのかわからないが、笠に湿った生温かい息が吹きかかった。

焦《じ》らされている気がしたが、どうやらそうではなさそうだ。

ゆかりが自分のみぞおちのあたりに手を入れて上体を動かしながら、サイドブレーキっていうのがちょうど、みぞおちのところにあるの、走っている時はそれを下ろしていて水平なんだけど、車を停めた時は引っ張り上げないといけないの、それが当たってしまうのね、あぁん、どうして、こんなところにサイドブレーキなんてあるのよ、とうわずった声で説明してくれた。

短い咳払いが髪の間からあがり、

「ふふっ、もう平気。ごめんね、びっくりさせたでしょ」

と、艶《つや》やかな声を車内に響かせた。

ズボンから突き出た肉樹のつけ根を握り、幹の芯《しん》を揉《も》むようにして押す。

張りつめた幹よりも、芯のほうが数段硬い。彼女の指の動きは、芯の硬さに向かっているようで、グリグリと芯を圧《お》してくる。

それが済んだところで皮を引っ張り下ろした。ふうっと低い息を吐き出すと、舌先で笠の裏側の敏感な筋をすっと舐め上げた。

痛みを与えてもいいという大胆さと繊細さが交じっていたことに気づいた。肉樹をくわえてしまえばそれで快感を引き出せるといった程度のくちびると舌の動きではなかった。

（ああっ、すごく気持がいい……。ゆかりさんのくわえ方、少し変わったみたいだ）

高ぶりながらも、高校二年生の少年はそうしたちょっとした変化を感じていた。それはしかし、純朴な彼の心に嫉妬《しっと》の芽を植えつけることになった。

東京に行ったくらいで、くわえ方が変わるはずがない。だとしたら、親密なつきあいをする男の人ができたに違いない。その人に教わったのか。それとも、その恋人を悦ばせようと、工夫を重ねていたのかもしれない。

そんなことが一瞬にして、グルグルと脳裡を巡った。欲望や愉悦《ゆえつ》といった類《たぐい》ではないものが拡がり、全身が火照《ほて》った。

嫉妬だ。

これまでずっと、嫉妬とは無縁だっただけに、すぐには理解できなかった。

くちびるがくっついた。

やわらかみのある、ねっとりとしたくちびるだ。笠の先にへばりつくと、少しずつそれを開いていき、同時に笠全体をくわえ込んでいく。

その間も舌先は休まない。

縦に走る小さな切れ込みをほじくるように、硬く尖らせた舌を滑らせる。

笠の裏側で浮き上がっている敏感な筋《すじ》を、両側から突っつきながら舐めて、際立たせようとする。

先端の膨らみが増す。

笠の外周の長さを確かめるかのように、舌の中程でじっくりとねぶる。鼻息がつけ根に吹きかかり、パンツからはみ出ている数本の陰毛が揺らめく。毛先が幹に触れる。そんなわずかな刺激も鋭敏に察し、快感につなげる。

「逞《たくま》しくなったみたい……」

くちびるを離したゆかりが頰を紅潮させながらうわずった声で言った。

確かな記憶ではないが、つい数日前にも似たようなことを言われた気がした。近所のおばさんに、体格のことを言われたのか、サッカー部の顧問の先生にそう評されたのか、両親のどちらかが夕食の時でもポロッと言ったのかもしれない。

肉樹に意識を集中させているから、記憶が曖昧《あいまい》にしか蘇《よみがえ》ってこない。それも仕方ないなと諦めた時、ふっとその時の情景が浮かび上がった。

春の陽射しが曇りガラスに遮《さえぎ》られていた。うずくまった女性の髪から、うっとりする甘い香りが湧き上がり、あたりに漂いつづけた。

（あっ、そうだ……）

ゆかりのお母さんだ。

大地は胸に向かって叫んだ。

玄関の引き戸を閉じた後、その場でうずくまって陰茎を引き出した時にお母さんが囁《ささや》いた言葉だ。母と娘を比べそうになるように思えた。そんなことは当然ながら不謹慎なことだと、大地は自戒した。

親子となると同じ感想を持つものなんだな、とチラと考えたけれど、そこで思考を止めた。こうして無心でくわえてくれているゆかりに対しても、そしてあの時、夢中で肉樹を味わっていたお母さんにも失礼だと思った。

「ふふっ、どうして黙っているの？」

「すごく久しぶりで、頭がクラクラしていたんです」

「嘘、おっしゃい」

「ほんとです。それに気になることもあったし……」

「気になること？　聞き逃せないわね。何かしら」

「言いたくないけど、思い切って言っちゃいます」

「なあに」

「ゆかりさんの雰囲気が変わった気がしたんです。それもちょっとではなくて、はっきり変わったとすぐにわかるくらいに……」

「髪型とか雰囲気のこと？　だとしたら当然よ。東京で暮らすようになったんだから」

「それだけじゃなくて……」

「まだ何かあるの？」

「あの……」

「ほら、言いなさい。山神大地、ぐずぐずしていない」

茶化すようにゆかりが声をあげた。大地はしかし、彼女の調子に乗らずに黙っていた。肉樹をきつく握りしめられた。血流が先端に無理矢理送りこまれる形になり、笠がひときわ膨脹するのを感じた。

「ゆかりさんの、おちんちんのくわえ方が、変わったみたいなんです」

「そうかしら」

さりげない応えが返ってきた。肉樹を握る指がかすかに震えたようだったが、気のせいかもしれず、判然としなかった。

「わたしが東京ですごく遊んでいると思っているのかしら」

「そんなことは考えませんでした」

「それじゃ、恋人ができたとでも思ったの？」

「ええ、まあ」

「考え過ぎよ」

あっさり否定された。そうなると突っ込んで訊《き》くわけにもいかず、ざわめいた気持が落ち着くこともないまま、ふたたび肉樹に意識を集中させた。

深々とくわえ込まれる。

ううっ、と呻《うめ》くような濁った音がゆかりの後頭部のあたりから響く。舌先で幹を弾《はじ》く。唾液をたっぷり塗り込んでいく。幹の裏側の盛り上がった嶺を丹念に舐《な》める。そうしながら、右手をズボンの上から股間にあてがい、揉《も》みほぐすように愛撫する。

(なんて気持がいいんだ……。今までのゆかりさんと変わらない。やっぱりぼくの気の回しすぎだったみたいだ)

快感が肉樹から腰、そして後頭部に拡がった。

何かをしていないと絶頂の兆しが生まれてしまいそうだった。

スニーカーを床に押しつけて踏ん張り、腰を浮かした。

ふくらはぎと太ももの筋肉が引き締まり、意識がそちらに振り向けられる。快感に没頭するつもりだったのに、いざ、そうなってみると白い樹液を放つのが怖くて、快感から逃れようとしているみたいだ、と大地はぼんやりした頭で思った。

「ぼくも、ゆかりさんに触れてもいいですか」

「だめ、まだ」

「どうして？　久しぶりに再会したんです。ゆかりさんのぬくもりに触れたい……」

彼女の背中をやさしくさすりながら呟いた。

後頭部を覆う髪を、指に絡める。懐かしさと愛しさを伝えたくて、ゆったりとやさしく指を動かす。

髪の地肌に指を這わせた。

「ううっ」

華奢《きゃしゃ》な肩がブルブルッと震え、よじっているウエストのあたりが痙攣《けいれん》を起こしたように揺れた。

(こんなところにも、女性には性感帯があるものなのか)

髪を逆立てるように、頭頂部まで指を這わせてみた。

意外だった。

そこも敏感な性感帯だった。

ゆかりの火照りが強まっている。髪の中から湧きあがっていた甘く生々しい香りも強まったようだ。

窓を閉め切った車内が彼女の匂いで充満していく。いつの間にか、湿った空気のせいで窓ガラスが曇っていた。

修善寺の町は霞んでいた。

これなら、誰かに覗かれたとしてもはっきり見えないだろう。そんなことを考えたところで、ここに車を停めて初めて、見られることを心配したことに気づいた。

髪が乱れる。それを気にする気配はゆかりにはない。肉樹の先端をついばむ。小さな切れ込みから溢れ出る透明な粘液を濁った音を立てて吸う。

「どうして、わかったの？」

「なにを、ですか」

「わたしの感じちゃうところ」

「偶然、です」

「そうかしら。わたしが東京に行っている間、山神君も、たくさんいろいろなことを経験していたんじゃないのかしら」

「そんなこと、ありません」

彼女の背中を押しながら、即座に強く否定した。

事実ではないのは確かだ。

いろいろな女性と出会ったからといって、ゆかりへの熱い想いが薄らいではいない。それもまた確かだ、と大地は胸に向かって呟いた。

スカートの裾《すそ》がめくれ上がっている。うつ伏せになっているために、太ももの裏側のあたりが剝き出しになっている。ベージュのストッキングが白っぽく見えるが、それが今までとはやはり違って、昼の光の中であっても、妖しさを漂わせている。

「どこを触りたいの？」

ゆかりが上体を起こした。

乱れた髪を指先で梳《す》き上げ、ふうっと満足げな息を吐き出した。

運転席側の窓を開ける。

ハンドルをグルグルと回すうちに、湿り気のない新鮮な空気が入り込んできた。フロントガラスの曇りがゆっくりと晴れていった。

窓の外に広がる新緑の風景などには目もくれない。ゆかりのほんのわずかに上を向いた可愛くて形のいい鼻から、尖《とが》った小さな顎、胸元から急激に迫《せ》り上がる乳房の曲線、あらわになっている太ももをじっくり眺めていた。

（やわらかくて、形のいいおっぱいに触りたい……）

口の中に唾液が溜まった。

ごくりと音を鳴らして呑み込んだ。剝き出しになっている肉樹がピクリと跳ね、ズボンに唾液がくっついた。

「わたしのどこに、最初に触りたいのかしら」

「最初はやっぱり、くちびるです」

「その次はどこ？」

「頰《ほお》かな」

「そうなの？　それって、山神君の本心なのかしら」

「ええ、まあ」

「わたし、複雑な気持だわ」

「どうして、ですか」

「いきなり女の子の大切なところに触ってこないと言ってくれるのはうれしいけど、逆に、自分の軀に魅力がないんじゃないのかなっていう気にもなっちゃうのよね」

大地は黙ってうなずいた。

彼女の乳房をここで今すぐ、晒《さら》してしまいたいと思った。

揉みしだき、こねくり回したい。脳裡には欲望が渦巻いた。想像したことを素直に表すように、肉樹の芯に脈動が駆け上がって大きく跳ねた。

「ほんとは、おっぱいです」

「ほんと？」

「はい、本心です」

「よかった……。まだわたし、君にひとりの女として見てもらっているのね」

「もちろんですよ」

「そうなの？」

「授業中でも、どうしているんだろうなとか、去年、下田の海水浴場に行った時の水着姿とか、図書室でおっぱいを触った時の感触なんかを、思い出したりしていたんです」

大地はそこで言葉を切った。

黙ったまま、彼女の乳房の下辺に手を伸ばした。

拒まれることはなかった。

ブラウス越しに、ブラジャーのカップを感じる。豊かな乳房はカップからはみ出している。数ヵ月前より、乳房は確実に豊かさが増したようだ。

（恋人に揉まれつづけて大きくなったんじゃないのかな……）

忘れていた嫉妬がまた蘇った。悲しくなりそうだった。早く彼女とひとつになれ、と急《せ》かすかのように、勢いよく何度も跳ねた。ふぐりの奥の火照りも強まり、全身が熱くなった。

やさしく揉んだ。

指が軽く埋まる程度の力しか入れてなかったが、すぐに物足りなくなり、強い力を込めた。ブラジャーのカップが凹《へこ》んだ。それに守られた乳房も押し潰した。乳房の形が歪《ゆが》み、すそ野が胸元まで迫り上がった。

「ああっ……。これね、これが山神君の指なのね」

「そうです、ゆかりさん」

大地は指先に入れた力を抜くことなく、揉みつづける。甘さの濃い生々しい匂いが漂う。窓を開けているのに、それはすぐ車内に充満していく。

大地は黙ったまま、ブラウス越しにゆかりの乳房を揉んでいる。乳首が硬くなっている。

ブラジャーに隠されているからはっきりわかるはずなどないのに、指先が確かにそれを感じた。

荒い息遣いに混じって、時折、呻《うめ》くような音が混じる。頬から首筋にかけての赤みも濃くなっている。

車のフロントガラスのくもりも増している。一望できていた修善寺の町がほとんど見えなくなった。春の陽射しもいくらか遮《さえぎ》られ、車内もわずかではあるが暗くなった。

（ゆかりさんのおっぱいを、直接、触りたい……）

ブラジャー越しということもあるが、運転席に坐っているゆかりの乳房を左手で揉んでいることも物足りなさにつながっているのかもしれない。

ブラウスはしかし、手を差し入れられるようなデザインにはなっていない。ゆかりがたとえ前屈みになって胸元に隙間《すきま》をつくってくれたとしても、乳房まで指は届かないだろう。

高ぶりが増している。

それはつまり、大地の胸の裡《うち》で渦巻きはじめた欲求不満も強まっているということだった。それを表すかのように、肉樹《にくみき》がギラリと鈍い輝きを放った。

ゆかりにくわえられた時のままパンツから突き出ているそれが、ビクンと何度も大きく跳ねる。充血している先端の笠の赤みが黒みがかった色合いに変わっている。笠の先の小さな切れ込みから透明な粘液が滲み出ていて、笠全体に拡がっている。そのせいかどうかわからないが、先程より、笠の輪郭が際立《きわだ》って見える。

「ゆかりさんの、おっぱい、触ってもいいですか」

指先に力を込めながら囁いた。

ゆかりの口元が緩んだ。

けれども笑みを湛《たた》えるだけでうなずいてはくれない。こちらに半身になって大きく息を吐き出したが、それでも黙ったままだった。

(無理を言っちゃったかな……)

いくらガラスがくもっているからといって、覗《のぞ》き込まれたら間違いなく、どんな姿でいるのかわかってしまう。人気のない場所とはいえ、誰かに見られたらどうしようという懼《おそ》れは消えない。自分だけでなく、ゆかりも同じことを考えているのかもしれない。

自分は見られてもいいという覚悟のようなものがあった。だからこそ、パンツから肉樹を引き出された時も素直に応じた。ゆかりも同じようにしなければいけないとは思わない。それを不満だとも思わない。いくら上京したからといって、修善寺から家族全員が引っ越したわけではない。

狭い町だ。

そんなところを知り合いに見られでもしたら、すぐに噂になってしまう。

それだけではない。

ゆかりの乳房を、自分以外の他人に見られることは絶対に厭《いや》だった。そんなことになるくらいなら、我慢したほうがよっぽどマシだと本気で思った。

「ごめんね……」

すまなそうな声でゆかりが囁いた。

大地は彼女の瞳を覗き込んだ。

瞳の潤みは増しているし、さざ波も立っている。高ぶりが鎮まってしまったわけではないことがわかり、ふうっと胸の裡でため息をついた。

「あのね……」

ゆかりが小声で言った。

「なんでしょうか」

「おっぱいはダメだけど、こっちならいいわ……」

おっぱいに触れている手をゆかりに握られると、そのまま股間《こかん》に導かれた。

ゆっくりとした動きだ。少しもったいをつけている風にも、焦らしているともとれた。

股間にてのひらをあてがった。

ゆかりが足を少し開いた。

握った手を膝まで滑らせると、股間にとって返す。ブラウスの裾《すそ》がずり上がる。ベージュのストッキングに包まれた太ももが艶やかな輝きを放ちながら、中程まであらわになる。

高校時代、ゆかりがタイツを穿《は》いているのは見たことはあるが、ストッキング姿を目にするのは初めてだった。

ドキリとした。

漠然とではあるが、ストッキングというものは大人の女性が穿くものだと思っていた。ゆかりがそうしたものを穿いていたことで、彼女が大人の女性であることをあらためて思い知った気がした。

(今ここにいるのは、かつて触れたことのあるゆかりさんじゃないんだ)

そう思った途端、いきなりてのひらが熱を帯び、湿り気が増すのがわかった。窮屈な状態のまま、パンツの中で収縮しているふぐりの奥の火照《ほて》りも強まった。

ゆかりが手首を離した。

「こっちを直《じか》に触って……」

「いいんですか?」

「でも、いざという時、隠せるようにしておきたいから、裾をあんまりめくっちゃいやよ」

「はい、ゆかりさん」

ストッキングに直に触れた。

ざらついた感触とともに、ゆかりの体温が伝わってくる。股間に近づくにつれて、太ももの内側のやわらかみが増していく。そればかりか、熱気と湿り気も強まっていくようだ。

陰部を指先で押す。

ゆかりが太ももを開く。スカートの裾が動き、甘さの濃い生々しい匂いが湧きあがる。車内がさらに濃密な空間に変わっていく。

指先を動かす。

陰毛の茂みの盛り上がりはしっかりと感じられた。けれども触れられるといっても、坐っている窮屈な状態のために、ごく狭い範囲に限られた。

(もっとゆかりさんを感じたい……)

大地は運転席側に屈《かが》み込むようにして手を伸ばした。だが、それでも思うようにならなかった。

ゆかりがそれを察したらしく、背もたれを倒した。それからゆっくりと足を開いたまま、お尻をシートの端まで移した。

先程よりも指先が自由に動かせるようになった。

陰毛の茂みだけでなく、割れ目の端のあたりまで侵入できた。それはストッキングとパンティに守られていたが、外側の厚い肉襞《にくひだ》がつくる溝を感じることができた。しかしさすがに、敏感な芽がどこにあるのかはっきりわからなかった。けれども大地は、あきらめずに、茂みの端のあたりを丹念に指で押しながら探した。

ゆかりの太ももがブルブルッと震えた。濁った呻き声を洩らした後すぐに、息を長く吐き出した。

「気持いいわ、とっても。それにしても、わたしの敏感なところを、山神君、よく憶えていたわね」

「もちろん、です」

「うれしいな……。やっぱり、故郷に帰ってきてよかった」

「まるで、帰るのを迷ったような言い方じゃないですか」

「ほんとはね、迷ったの」

「えっ？」

「金沢って素敵な街だったの。帰りの飛行機の日、キャンセルしたいなって思ったのよねえ。でも、やっぱりできなかったの」

「どうして？」

「だって……。帰ったら会いましょうって、電話で君と約束したでしょ」

ゆかりが笑みを湛えながら囁いた。穏やかでやさしい笑みだった。彼女の言い方のどこにも、恩着せがましい響きは感じられなかった。

（ゆかりさんは、ぼくに会いたいからこそ、帰ってきてくれたんだ）

大地はふっと自信めいたものが湧くのを感じた。というのも、今まで時折、心の片隅で自分のことを、田舎に暮らすつまらない男だと思うことがあったからだ。

ちっぽけな存在だと思っていた。

誰にも認められない存在だと思っていた。

そうした懼《おそ》れを、女性たちと出会うことで薄めることはできた。そうした懼れから逃れたいという想いから女性たちと出会っていたと言い換えることができるかもしれない。だが、けっして消すことはできなかった。

見た目は純朴そうでも、大地はけっして純真無垢ではなかった。存在の不確かさや曖昧《あいまい》さが胸の奥底に横たわっていたのだ。

「ふふっ、うれしそうな顔ね」

ゆかりが微笑《ほほえ》んだ。

視線が絡んだ。

瞳の潤みが厚くなっている。さざ波が立ち、艶やかな輝きを放つ。目尻に潤みが溜まっていて、それがまばたきをするたびに震えるように揺れる。

肉樹の芯に勢いよく脈動が走り上がっていく。先端の笠から透明な粘液が溢れる。張りつめた幹が、パンツの生地《きじ》に擦《こす》られる。それが刺激となり、次の脈動を生み出す。

「ゆかりさん……」

「なに」

「ぼく、我慢できなくなってきちゃいました」

「無理よ、ここでは」

「そうですよね。でも、我慢できないんです」

「子どもみたいに駄々をこねないで」

「そうですよね。ごめんなさい」

大地はあっさり引き下がった。

我慢できないと訴えたところで、車内ではここまでが限界だとわかっていたし、たとえストッキングとパンティを脱がせたとしても、満足しないのはわかっている。

ゆかりとひとつになりたいのだ。

それが果たせなければ、たとえ、直接、割れ目に触れたとしても、不満はくすぶりつづけるのだ。

「わかったわ……」

ゆかりが独り言のように言った。

何がわかったのか、大地にはわからなかった。太ももの内側に這わせている手を止めると、彼女の次の言葉を待ち受けた。

「あのね」

「はい、ゆかりさん」

「後部座席に移動しましょう」

「後ろに行ったからって、どう変わるんですか」

「わからない？」

「ええ……。少し広くなるのと、ここにあるサイドブレーキがないといったくらいでしょ？」

「さあ、どうかしら。車を降りた時に見てごらんなさい」

大地は肉樹をパンツの中に押し込んだ。ファスナーを引き上げると、言われるまま、ドアを開けた。

足がふらついた。

いや、そうではない。

膝が震えたのだ。

誰かがすぐ近くにいるのではないかといった恐怖に包まれた。あたりを見回した。もちろん誰もいなかった。爽やかな風が吹き抜け、木々がざわめくだけだった。

後部座席に目を遣《や》った。

そこで初めて、ゆかりの言ったことの意味がわかった。

後部シートの窓一面に黒っぽいフィルムが貼ってあった。窓に顔をつけてようやく、車内がぼんやり見えた。

後部ドアを開け、シートに坐った。

フィルムを貼ってあるために、前列の座席にいる時よりずいぶん暗い。外から車内は見えにくかったが、車内からは意外にも、よく見える。

運転席のゆかりが振り返り、ねっ、わかったでしょ？　と囁いた。満面に笑みを浮かべた後、舌を差し出し、自分のくちびるをゆっくりと舐めた。

「自分の車でこんなことするの、わたし、初めてよ」

「ゆかりさん、その言い方だと、ほかの人の車でなら、後部座席でエッチなことしたことがあるみたいです」

「いやあね、山神君たら。わたし、そんな淫《みだ》らな女じゃないわ」

きっぱりと否定しているわけではない気がしたが、大地はそれについては突っ込んで訊かなかった。今、そんなことを話すのは野暮だし、なにより、この妖しい雰囲気をぶち壊しにするだけと察したからだ。

運転席の背もたれを元どおりに戻すと、後部座席に移ってきた。これならちょっと見には車に誰も乗っていないように映るだろう。

大地はようやく安心して、軽やかな声をあげた。

「運転席に誰も乗っていない車の後部座席に坐るのって、変ですね」

「なんだかとっても不安定な感じね」

「広さは助手席のほうがゆったりとしている気がします」

「でもサイドブレーキがないから、わたし、こっちのほうがいいかな」

ゆかりがはにかむような笑みを浮かべた。半身になると、スカートの裾を膝の上までゆっくり引き上げた。

（あれっ？……）

ストッキングの輝きがなかった。

外に出ている間のほんのわずかな時間に、素早く脱いだらしい。

白い肌がほんのり桜色に染まっている。息遣いが荒くなる。新鮮な空気が入ったことで視界が良好になったガラスがまた、くもってきた。

我慢しなくてもいいと思った途端に、肉樹がパンツの中で勢いよく跳ねた。パンツのウエストのゴムに、笠の裏側の敏感な筋が擦られた。透明な粘液が拭い取られるが、すぐまた溢れてくるのを感じた。

ゆかりが視線を太ももに落とした。大地は彼女の視線を追って、もう一度、ほんのりとした桜色に染まった太ももに目を遣った。

「すごくきれいな足ですね」

「ふふっ、ありがとう」

「ストッキングを脱いでいたから、ぼく、びっくりしました」

「狭いから、脱ぐのも脱がしてもらうのも大変だから……」

「脱いだストッキングは、運転席に置いてあるんですか」

「そういうことは、秘密よ」

口元の笑みが妖しさを増した。くちびるの端にわずかに翳《かげ》が宿っていた。整った顔立ちのせいか、腹の底がゾクリと震えるくらい淫靡な翳だった。

ゆかりの太ももに触れた。

しっとりとしていて、やわらかかった。桜色の肌がじわじわと赤みを濃くしていく。瞳の潤みが厚くなる。のけ反《ぞ》りながら、ああっ、と濁った声を洩らした。そうした反応のすべてが、高校生だった頃のゆかりのそれとは違っていた。快感を味わっているような、ゆとりを感じさせた。

大地は指をさらに侵入させた。

（あれっ……）

またしても驚いた。

パンティに触れるだろうと予想していたが違ったのだ。

陰毛の茂みに触れた。

パンティに押し潰されていたせいで、それは束のようになっていた。

「ストッキングだけ脱いだんではなかったんですね」

「ふふっ、そうよ」

「ぼくも脱がなくちゃ」

「山神君はそのままでいいの」

「だって……」

「そんなことより、ねえ、山神君、わたしの大切なところに、触って」

「触るだけ、ですか」

「ふふっ……。舐《な》めてもいいわよ」

ゆかりが軀をずらした。

ドアによりかかった。右足はそのままで、靴を脱いだ左足を座席に乗せて大きく開いた。

ゆかりの陰部が見えた。

（すごい眺めだ……）

一瞬にして溜まった唾液を、大地は喉が鳴らないように気をつけながら呑み込んだ。

不思議なことに、唾液が溢《あふ》れているのに喉が渇いてしようがなかった。ゆかりがスカートの裾を引き上げ、太ももがあらわになるにつれ、その渇きは強まるようだった。

運転席から後部座席に移るまでのちょっとの時間に、パンティを脱いでいたのだ。そのことは指先でまさぐった時にわかっていたけれど、目《ま》の当たりにすると新たな高ぶりや感動が迫《せ》り上がった。

「やっぱり、窮屈ね」

「ええ、ちょっと」

「車の中じゃ、いや?」

「そんなこと、ありません。ぼく、ゆかりさんと一緒なら、どこでもいいんです」

「よかった……」

頰を赤く染めながらゆかりが呟《つぶや》くように言った。

うつむいたまま小さく咳払いをすると、後部の右側のドアに寄りかかっていた上体をわずかに動かした。座席に乗せた左足が揺れ、裾が太もものつけ根まで滑り落ちた。

甘さの濃い生々しい香りが湧き上がる。パンティに押し潰され、束になっていた陰毛がばらけて立ち上がった。黒々とした塊《かたまり》に見えたそれがゆっくりと、こんもりと茂みに形を変えていく。

「あんまり、じろじろ見ないで」

腰をくねらせながら、ゆかりが上気した顔で囁《ささや》いた。

拒んでいるわけでも厭《いや》がっているのでもない。そう言うことで彼女自身の軀の内側に潜む高ぶりを煽《あお》り出そうとしているのだと、大地は察した。

縦長の茂みが、荒い呼吸をするたびに横に広がったり、縦が短くなったりと変形を繰り返す。太もものつけ根にできた皺《しわ》がゆるゆると波打ち、妖《あや》しい翳《かげ》が生まれては消えていく。

自分の知っているゆかりの真の姿がそこに表れているように思えた。

（高校生の時と、変わらないものなんだな……）

大地は胸の裡《うち》で呟いた。

がっかりしたし、ホッともした。

大学生になって東京という大都会に出ていった彼女がどれだけ成熟したのか、その変わり様を愉しみにしているところがあったからだ。それでいて、変化をもし感じたとしたら、穏やかな気持でいられるとも思わなかった。ゆかりが遠くへ去って行ったと感じただろうし、疎外感や嫉妬が心の中に渦巻いたに違いない。

「どうしたの、山神君」

「えっ？」

「ぼんやりしちゃって、変よ」

「ゆかりさんのそこを見つめているうちに、何も考えられなくなっちゃったんです」

「いやん、そんなこと言っちゃ」

「ごめんなさい」

「山神君……」

「はい」

「久しぶりね」

ゆかりが微笑《ほほえ》んだ。

慈《いつく》しみに満ちた瞳だった。

一ヵ月以上離れていた時間の経過の重みが、彼女の言葉にぎっしり詰まっている気がした。下腹が震えた。胸の奥がキュッと縮こまるのを感じた。

せつなさやゆかりへの愛しさといったものが混じり合った熱いものが迫り上がった。笑みを返そうと思ったが、硬い表情しかつくれなかった。

「そんなに怖い顔しないで、ねっ。いやだわ、わたし」

「なにが、いやなんですか」

「おおらかな表情の君に舐めて欲しいの。怖い顔されて触れられても、気持がいいなんて感じないわ」

「すみません……。ぼく、胸が熱くなっていたんです。怖い顔しようなんて思っていませんでした」

「ふふっ、可愛いなあ、やっぱり」

「ゆかりさんも素敵です」

「ねえ……」

「はい」

「舐めて」

ゆかりがぼそりと囁いた。

語尾が震えていた。

太ももの内側のやわらかい肉が小刻みに揺れた。いつの間にか、つけ根から膝のあたりにかけて、ほんのりとした桜色に近い赤みが濃い色合いに変わっていた。

大地は屈み込んだ。

ズボンから引き出されたままの肉樹《にくみき》がビクンと跳ねた。

ベルトのバックルに先端の笠が当たった。ひんやりとしていたせいか、鋭利なものでひっかかれたような刺激が走った。それが膨脹につながり、つけ根の太い筋が張りつめた。

幹を包む皮がファスナーに食い込みそうな危険を感じた。それでも勝手にズボンを脱ぐのは気がひけたので、下腹を引っ込めて肉樹を下げた。

（ふうっ……）

小さく息を吐き出すと、ゆかりの足の間に顔を入れた。

甘く生々しい匂いに包まれる。

ふくらはぎのなだらかな曲線が美しい。うぶ毛が黄金色《こがねいろ》に輝いている。股間の中央の黒々とした塊《かたまり》が盛り上がっている。

陰毛にくちびるをあてがった。

甘い味が口に入り込んだ。

一瞬、何の味なのかわからず、唾液を呑み込んだ。地肌に舌を這《は》わせたわけではないから、彼女の軀から放たれている甘い香りであるはずがないと思ったのだ。

だが錯覚ではなかった。

陰毛からも甘さが滲み出ていた。

(陰毛まで甘い味に染まっているなんて……)

頭の芯が一瞬にして痺《しび》れた。

舌の感覚は麻痺することはない。鋭さが増し、全神経が研ぎ澄まされていくのを感じる。

陰毛を口にふくむ。

こよりをつくる要領で、数本のそれを舌の上で転がす。歯の間でひっかかりそうになるが、舌先で丁寧に外していく。

「ううっ、気持がいいわ」

ゆかりがうっとりとした声を洩《も》らした。シートにおろした腰を揺すった。舌を奥に誘う動きに思えて、大地は舌を尖《とが》らせ割れ目に向かった。

割れ目の端に辿《たど》り着いた。

うるみが溢れていた。

生々しい甘さが鼻腔に入り込む。むせそうになるくらいの濃さだ。

頭の芯の痺れが強まる。

鼻息が甘い香りをかき混ぜる。

大地の顔とゆかりの股間がつくる空間が渦を巻き、甘さが循環しながら車内全体に広がっていく。

割れ目の外側の厚い肉襞《にくひだ》は、すでにめくれている。敏感な芽も突出している。鋭い円錐の形をしているのを舌先で感じる。そこもすでに、うるみにまみれている。舌を這わすとすかさずヌルヌルした粘液が口に入り込み、甘さが満ちる。喉まで甘い匂いが流れ込み、咳き込みそうになる。

大学生になったゆかりのそれは、高校生の時とは違っているようだった。

敏感な芽がふっくらとしていた。

割れ目の外側の厚い肉襞も、以前よりも膨らみが感じられた。彼女が大人の女性に成長しているのを感じ取れた気がしてうれしさが心に拡がった。

「すごく、おいしいです」

「あん、恥ずかしい。でも、うれしい、とっても」

「ぼくも、うれしいです。ゆかりさんをくちびるでも舌でも感じられて、離れていた感じが薄らいできました」

「わたしも、そうなの。ああっ、同じ気持でいたのね」

「どんなに長く離れていたとしても、ぼくたちはきっと、触れあえさえすれば、すぐにわかりあえるんですよ」

「素敵よ、山神君」

ゆかりが割れ目を押しつけるようにしながら上体をずらしてきた。

軀が沈み込んだ。

窓の下に頭が下がった。

左足はしかし、その動きに同調することはなかった。スベスベした細くしなやかな足が伸び、爪先《つまさき》が天井に当たった。

肉襞を口にふくんだ。

吸いながら舌先で弾《はじ》いた。

伸ばした左足が揺れた。天井に空いている吸音のための細かい穴に爪が引っかかり、カサカサと乾いた音が車内に響いた。

「わたし、我慢できない」

陰毛がすっかりあらわになるくらいまで裾をめくり上げながら、ゆかりが呻き声を放った。大地はしかし、割れ目からくちびるを離さなかった。そうしてしまえば、次にすることは挿入しかないと考えたからだ。けれども、車内でそこまでしていいものかどうかわからなかったし、覗かれる心配をしながら、交わりたいとは思わなかったのだ。

「ねえ、きて」

甘えた声がうわずっていた。

肉樹が鋭く反応し、大きく跳ねた。座席のビニールシートに笠の裏側の敏感な筋が当たった。透明な粘液が拭い取られたが、すぐにまた溢れ、筋から幹につたっていった。

「ねえ、山神君、お願い。わたし、したくなっちゃったの」

もう一度、今度はせがむような声を放った。甘えた声音《こわね》の中に、面白がるような響きが感じられた。大地はだからこそ、ゆかりは本気だと思った。

「ここで、ですか」

「そうよ」

「誰かに覗かれたら、まずいですよ。ドアを開けられるかもしれないし」

「大丈夫よ、そんなの」

「怖くありませんか」

「東京のほうがよっぽど怖いわ。だから、ねっ、いいでしょ」

東京という街はやはり、怖いところだったか。会話の流れからするとさほど関係のないことを考え、挿入へと欲望が向かわないように努めた。

交わりたくないのではない。

もしものことを考えると、一時の欲望に流されることは無謀なことに思えたのだ。ふたりきりでいられると確信が持てる場所なら、すぐにでも軀を重ねたいと心の底から願った。

(腕に自信があったら、こんな臆病になることはないんだけどな……)

肉樹が何度も跳ねるのを感じながら、サッカーなんてやらずに空手部にでも入って護身術でも学べばよかった、と後悔にも似た思いが胸を掠《かす》めた。

ゆかりの息遣いが荒くなる。

頰の赤みが増している。首筋から胸元にかけて鮮やかな朱色に染まっている。汗ばんでいるそこが、艶《つや》やかに光り、妖しい輝きを放つ。

「素直じゃないのね」

「勘違いしないでください。ゆかりさんのことが心配だから……。ぼくのほうこそ、我慢しているんです」

「山神君の気持はすごくうれしいけど、女はね、どうにも止められない時があるの。わたしは、我慢したくない。君とひとつになりたいの、君を軀の奥で感じたいの」

「だめですよ」

「ううん、だめじゃない。勇気がないだけ。わたしのせいにしないで。自分のしたいことを我慢するのは、けっして勇気ではないわ」

挑発だった。

大地はそれを聞き流せなかった。高ぶっている心理状態だったが、高校二年生に受け流すだけの経験もゆとりもないのは仕方がなかった。

「ゆかりさんを想えばこそ、我慢しているんです。わかってもらえないなんて、ちょっと哀しいです」

「わたしはわからない」

「どうして……」

「君にすべてを晒《さら》しているの。軀だけでなく、心もすべて剝《む》き出しにして見せちゃっているの。だから他人に覗かれるなんて言われても、わたし、ビクともしないわ」

「ぼくだって、自分の気持を晒しているつもりです」

「晒しているかもしれないけど、わたしだけを見つめているんじゃないでしょ。そんな言葉で、わたしを説得しようとしても無理よ」

確かにゆかりの言うとおりだった。耳触りのいい言葉で言い繕《つくろ》っている気がしてならなかった。だが、それは仕方がなかった。そうすることでしか、彼女の迫力のある言葉に対抗できないと、無意識のうちに感じていたからだ。

（剝き出しにしなくちゃ……）

大地は息を吸い込みながら、胸の奥でもう一度、同じ言葉を呟いた。

肉樹が跳ねた。

つけ根にくっつくようにして縮こまっているふぐりがヒクヒクッと上下した。厚い肉襞がうねりながら、くちびるに絡みついてきた。

「よしっ」

大地は声をあげた。

肉襞が空気の振動を敏感に感じ取った。突出した芽からお尻のほうに向けてさざ波が立った。内側の薄い肉襞が充血し、ぷくりと膨れて衝立《ついたて》のように立ち上がった。

ぽっかりと穴が開いた。

スカートに光を遮《さえぎ》られていることもあって、割れ目の奥の穴はほの暗かった。細かい襞がうごめいているようにも、肉の塊が幾重にも重なっているようにも見えた。

大地は上体をゆかりに乗せた。

頭頂部に窓の開閉のためのハンドルが当たった。ゆかりの両肩を摑んで押し下げながら、ハンドルが触れないくらいまで軀を移した。

乳房はブラウスとブラジャーに守られているが、やわらかみをはっきりと感じる。荒い息遣いをするたびに上下するのもわかる。

ゆかりが瞼《まぶた》を開いた。

厚い潤みが瞳を覆っていた。目尻に溜まった潤みが滴《しずく》となって流れ落ちそうになった。

「うれしい……、やっと、わたしに入ってくれるのね」

「ぼくもゆかりさんと同じように、心も剝き出しにしたんです」

「どう？　その感想は」

「ちょっと戸惑っています」

「どうして？」

「剝き出しにするといっても、以前とは違う気がしています」

「どう違うの？」

「自分を本当に解き放っているように感じられるんです。誰かに覗かれたらいやだなっていう心配はちっとも消えないんですけど、それなのに、すがすがしいんです」

「心と軀をひとつにする準備ができたってことね、きっと」

大地は力強くうなずいた。

軀を重ねた。

鮮やかな朱色に染まっているそれは熱を帯びていた。

腰を動かしながら、膨脹している肉樹を操《あやつ》り、割れ目を探った。

目指すところはすぐに見つかった。

うるみで笠が濡れた。

透明な粘液と混じり合った。

ゆかりの軀の奥底から放たれる熱気に肉樹全体が包まれた。

「さあ、きて」

車の後部ドアに当たらないところまで軀をずらしたゆかりが、うわずった声を放った。

狭い車内でふたりとも窮屈な状態だが、ゆかりのほうが苦しい体勢だ。

長い足を折り曲げている。それでも彼女の左足は反対側の窓にかかっている。右足はさらに苦しげで、助手席の背もたれを押しのけるようにしながら膝をくっつけている。

大地は彼女の足の間に入り込み、上体をあずけている。ほんのわずかでも腰を突けば、挿入を果たせるところまできている。

「ねえ、焦《じ》らさないで」

ゆかりが腰を何度も小刻みに上下させた。そのたびに大地は腰を引き、先端の笠が入っていかないようにした。焦らしているわけではないが、最初の挿入はじっくり味わいたかったのだ。

(ゆかりさんの襞《ひだ》に、おちんちんの先っぽがくるまれている……)

割れ目の外側の厚い肉襞が、肉樹を引き込もうとしてうごめく。めくれたそれが敏感な芽のほうからお尻に向かって波打つ。溢《あふ》れ出る粘液が笠と幹を隔てる溝に流れ込み、裏側の敏感な筋を濡らす。迫《せ》り上がる嶺につたう前に重力に負け、滴となってシートに落ちる。

少し開けた窓から、新鮮な空気が入り込んでいるのに、甘く生々しい匂いが車内に充満していく。

「ゆかりさん、苦しくないですか」

「いいの、そんなことは。それより、ねえ、早くきて」

「無理な体勢だってわかるから、気になるんです」

「そんなこと気にしないで。やさしくしてくれるのはうれしいけど、今、そんなこと言って欲しくないわ」

「やさしい言葉っていやなんですか」

「そうじゃない……。わたしだって。やさしくしてもらうのはうれしいわ。でもね、今は君とひとつになりたいの。滅茶苦茶にして欲しいの。やさしさが欲しい時じゃないの」

ズボンから突き出ている肉樹がピクリと大きく跳ねた。性欲が溢れそうだった。その一方で大地は、ゆかりの言葉に驚いてもいた。

(やさしくすれば悦ぶものじゃないんだな……。女の人って不思議だ)

大地は腹筋に力を込めた。

幹の裏側で迫り上がっている嶺を、勢いのある脈動が走り抜けた。

ベルトのバックルに笠が当たった。ひんやりしていて、それが性感につながった。

「ひとつになるんですね」

「そうよ……」

「ゆかりさん」

「さあ、きて。わたしに入って」

ゆかりが呻《うめ》くように声を放った。

大地は苦しい体勢ながらも、踏ん張った。太ももを引き絞った。息を詰め、先端の笠に意識を集中した。

腰をゆっくり突き入れた。

陰毛同士が触れあい、混じり合う。ほんの微《かす》かな刺激も快感となって全身に拡がっていく。笠にへばりついていた厚い肉襞が震える。めくれていたそれが元に戻りながら、肉樹を奥へ誘う。内側の薄い肉襞はめくれ、広がって揺れる。

割れ目はうるみがたっぷりと湛えられていた。

大地はいっきに腰を突いた。

恥骨同士がぶつかった。ふたりの陰毛が擦れ合った。陰毛が束になり、割れ目の端で突出している敏感な芽に当たる。

ゆかりの上体が反《そ》り返った。

「ああっ、すごい」

「気持がいいです、ゆかりさん」

「奥のほうが熱いの、とっても熱いの。わたし、おかしくなりそう」

「それがおちんちんに、伝わってきます。ヌルヌルしている粘液までとっても熱いです」

「そうなの、奥のほうが燃えているのよ。わたし、ああっ、自分じゃなくなりそう」

反っていた上体を落とした。

車が小刻みに揺れた。

ブラウスがよじれた。

胸元に流れている乳房のすそ野にさざ波が立った。細かい汗が滲んでいる。黒色のフィルムを貼った後部のウインドウから射し込むくすんだ光を反射し、淫靡《いんび》な輝きを放つ。

腰を左右に揺すった。

先端の笠が、割れ目の奥の襞をこそぎ落とす動きになる。腰を右に振れば、笠は左の肉襞をえぐり、腰を逆に動かせば割れ目の右の細かい襞を薙《な》ぎ倒す。

（もっと奥に入りたい……）

欲望がみなぎった。

射精に向かいたいからそうしたいのではなかった。だからそれは性欲とは違った種類の欲望に思えた。けれどもそれがいったい何なのか、大地にはわからなかった。

腹筋に力を入れた。

肉樹がひときわ膨張した。

胸板の汗が流れ落ちる。腹筋の瘤《こぶ》がつくる溝をつたいながら陰毛の茂みを濡らす。幹のつけ根に浮き上がる太い筋に辿《たど》り着く。

「ゆかりさん、ぼくの肩に足を乗せてください」

「ああん、いやらしい」

「もっと深いところで、ゆかりさんとつながりたいんです」

「苦しいけど、やってみるわ。わたしだって。ああっ、もっと強く君を感じたかったのよ」

「大丈夫ですか」

「ええ、平気」

ゆかりが両足を上げ、ふくらはぎを肩に乗せてきた。

割れ目の入口から中程まで引き締まった。奥の細かい襞のうねり方に力強さが生まれ、肉樹が圧迫された。

クチャクチャッと粘っこい音が割れ目からあがる。元に戻っている外側の厚い肉襞がまた、めくれ返る。うるみが絞り出されるように溢れ出てくる。それは縮こまっているふぐりにつくられた深い皺にも入り込む。

(おっぱいに触りたい……)

狭いシートに両手をついて上体を支えながら、ゆかりの胸元で揺れる乳房のすそ野に目を遣《や》った。

ブラウスを着ているし、ブラジャーも外していない。乳房に直《じか》に触れられないとわかっていながらも、その欲求が強まっていく。

座席の背もたれに寄りかかって左手を自由にすると、ゆかりの脇腹のほうから乳房に手を移した。

洋服の上からだが、火照《ほて》りは確かに伝わってくる。ブラジャーのレースのざらついた感触が新鮮に感じられた。その時ふっと、荒々しく交わりたいとねだってきたゆかりの気持が少しはわかった気がした。

（やさしくするばかりじゃいけないんだ。高ぶりをさらに強めるためには、荒々しいことも必要なんだ、きっと）

大地はそう思った。

性的な技巧や知恵を彼女から学んだという意識はなかった。ゆかりを悦ばせたい、自分との交わりを忘れられないものにしたい、高ぶった表情を味わいたい、彼女の熱気に包まれたいという素直な気持しかなかった。

乳房を揉み上げる。ブラジャーのカップがずれる。ワイヤーの部分が乳輪を押し潰す。尖った乳首がよじれるのを感じる。

「おっぱい、触りたいのね」

「ゆかりさんをもっと、たくさん感じたいんです」

「うれしいけど、ああっ、この体勢だとブラジャーを外せないわ」

「いいんです、ぼく我慢します。今だって十分、ひとつになっている気がしているから大丈夫です」

「いや、そんなの」

「でも、ブラジャーの上からしか触れません」

「ねえ、少しだけ、離れてくれる？」

「えっ……」

「ねっ、いいでしょ」

「どうして？」

「もっと触れあうためには、場所を移すしかないわね」

「そうですけど……」

「いや？」

「だって、中途半端なままにして、どこか別の場所に行くんでしょ？」

「あん、違うわ」

ゆかりが呻いた。朱色に染まっている喉のあたりが上下に動いた。唾液を呑み込む濁った音が車内に響いた。

大地は渋々、肉樹を外した。

笠とつけ根がジンと痺《しび》れていた。ため息をつくと、肉樹全体が大きく跳ね、笠と幹を隔てる溝に溜まったうるみが細かい滴となって飛び散った。

ゆかりが軀を起こした。フロントガラスのほうをふたりして向き、後部座席に坐った。運転席に誰もいないせいか、妙な感じがした。

ゆかりがドアを開けた。下腹部までめくれている裾を整えると車から降りた。

新緑の照り返しの光とともに、新鮮な空気が入り込んだ。

肉樹を突き出したまま、彼女につづいて大地もドアを開けた。

助手席に乗り移った。

運転席のドアに手をかけたゆかりがのびをした。

キラキラと瞳が輝く。気持よさそうに息を深く吐き出すのが見える。

ドアを開けるのかと思ったが、そうしなかった。

「山神君、こっちにいらっしゃい」

「こっちって？」

「ふふっ、早く車から降りて」

そこでようやく大地は、ゆかりが何を意図しているのかわかった。

（移動するんじゃないんだ。車の外でさっきのつづきをしようとしている……）

胃の底のほうがブルブルッと痙攣《けいれん》を起こしたように震えた。

怖れたからではない。

太陽の下でゆかりと交わってみたいという欲望のみなぎりが痙攣を引き起こしたのだ。

こんな風に思うのは、相手がゆかりだからこそだ。

彼女の大胆さに引きずられるようにしてやってきたことがいろいろあったが、どれも記憶に鮮明に残っている。

去年の夏のことはとりわけ生々しく覚えていた。下田の白浜に彼女と海水浴に行った時、海の中で交わった。太陽の眩しさや口に入る海水、茂みに入り込んだ海中に漂う細かい砂の感触が一瞬にして蘇《よみがえ》った。

（ゆかりが相手なら、きっと刺激に満ちた興奮が味わえるはずだ……）

性欲を充実させたいという想いが胸の奥底から迫り上がった。

ひとつになる満足感を追い求める欲望とは明らかに違っていた。だからといって不純ではなかった。相手がゆかりでなければできないと思えばこその性欲のみなぎりだったからだ。

肉樹をパンツに戻すのを止めた。

大地は助手席を降り、ゆかりのいるほうに回り込んだ。

向かい合った。

潤んだ瞳が艶《つや》やかに輝く。鮮やかな朱色に染まった肌がキラキラしている。

「すごい……」

肉樹に視線を遣ったゆかりが息を呑んだ。大地もつられて視線を股間に落として見た。太陽の光を浴びた肉樹が屋内よりもずいぶん野性的で逞《たくま》しく感じられた。

「二年生になって、逞しくなったみたいね」

「ゆかりさんも、大学生になって何か変わりましたか」

「わたし、変わった？」

「いいえ、ぜんぜん変わっていないと思います」

「いやね、そこまで否定されると、進歩していないみたい」

「そんなこと、ありません。ほんと言うと、すごく大人っぽくなった気がしていました」

「どのあたりかしら」

「全体の雰囲気です。遠い存在になったような気がして、気持がなかなか落ち着かなかったんですよ」

「だから、よそよそしかったのね」

ゆかりが微笑《ほほえ》んだ。

太陽の光を浴びているのに、淫靡な色合いが浮かんでいた。長い睫毛《まつげ》の下に翳《かげ》が出来ていて、それが妖《あや》しさを増幅させていた。だからかもしれないが、穏やかな微笑が、ずいぶん猥雑なものに思えてならなかった。

ゆかりが乱れた髪を梳《す》き上げた。ゆっくりと背中を見せると、運転席のドアに両手をついた。

「山神君、ここで、きて」

「いいんですね」

「誰に見られたっていいわ。でもね、きっと誰もこないわ」

「はい、ゆかりさん」

「ブラジャーのホックも、ふふっ、外しておいたわよ」

ウインドウに映るゆかりの顔に、艶やかな笑みが浮かんでいた。両足を広げ、くの字に腰を折ってお尻を突き出してきた。

大地は周囲を見渡し、人の気配がないことを確かめると、スカートの裾を摘んだ。いっきに裾をめくった。

ふっくらとしたお尻が剝き出しになった。日焼けしていないそこの肌の白さが眩しい。みるみるうちに赤みを帯びる。パンティのゴムがあったあたりの赤みだけ朱色に近くなった。

ゆかりの腰を摑んだ。

自分の顔がウインドウに映り込んでいた。表情が普段とさほど変わっていなかった。鼻の下が伸びたスケベな顔ではないし、顔も緩《ゆる》んでいなかった。

腰を上下させながら肉樹を操《あやっ》り、先端の笠で割れ目を探った。数センチ外れたところに笠が当たったが、めくれている厚い肉襞がうねって割れ目の中心に導いてくれた。

「山神君、そこよ」

「はい、ゆかりさん」

「君とひとつになるだけじゃなくて、自然とも一体になるみたい」

「ぼくも、そう感じました」

爽《さわ》やかな風が吹き抜け、大地は自分の言葉が飛ばされていくのがわかった。新緑の木々がざわついた。足元の雑草が揺れ、ズボンに当たった。めくり上げたスカートがそよぎ、割れ目から放たれる甘さの濃い生々しい香りが漂った。

「ゆかりさん……」

大地は力強く言うと、息を詰めた。

先端の笠に集中した。

いっきに割れ目を貫いた。

「ああっ、いいっ、奥まで感じる」

「奥に当たっています。ぼくもすごく気持がいいです」

「おっぱいに、触って」

ゆかりが喘《あえ》ぎながら囁《ささや》いた。厚い肉襞が収縮し、つけ根を引き絞ってきた。大地は腰から両手を離し、彼女の背中に寄りかかるようにしながら乳房にてのひらをあてがった。

ブラジャーがずれる。

乳房のやわらかみが感じられる。

（成熟した大人の女性の張りだ）

そう思った途端、ふぐりの奥から火照りが拡がり、うるみにまみれた肉樹にまで伝わった。

大地は腰を突いた。

下腹部と彼女のお尻がぶつかり、湿った音があがった。木々のざわめきに妖しい音はすぐに紛れた。

「ああっ、こんなところで、しているなんて……、すごい」

車の運転席のドアに両手をつき、軀をくの字に折っている小泉ゆかりが、足をずらしながら呻《うめ》いた。雑草を踏みつけた。軀から放たれる甘く生々しい匂いとは違う、草の香りが微かに感じられた。

風をはらんだゆかりのスカートがふわりと膨らんだ。わずかにはためいた裾に、肉樹《にくみき》のつけ根が擦られた。強い脈動とともに、割れ目の中で二度、三度と大きく跳ねた。

サラサラとしたブラウスで乳首を包むようにして摘《つま》んだ。

ゆかりの息遣いが荒くなる。髪が乱れるのも気にせず、首を何度も左右に振る。お尻が時折、ブルブルッと揺れる。肉樹のつけ根に落ちたスカートの裾がはためき、陰毛の茂みが薙《な》ぎ倒される。

「山神君、ああっ、とてもいいわ。ちょっと会わなかっただけなのに、とっても逞《たくま》しくなっ

いです」

「大人の女性……。躯全体がやわらかくなっていて、おっぱいもちょっと大きくなったみたいです」

「そう？　どんな風に変わった？」

「ゆかりさんだって、変わったたみたいです」

たみたい」

「ブラジャーをしているのに、わかるのかしら」

「もちろん、です」

「ほんと？」

「ええ、指先が憶えています」

即座にそう応えたが、本当のところは、ブラウスとブラジャーに護《まも》られていることもあって、よくわからなかった。ただ、指先は彼女のぬくもりとか乳輪に浮き上がった細かい凹凸とか乳房の急峻《きゅうしゅん》な稜線といったことは確かに憶えていた。

（ゆかりさんの洋服を、今すぐここで全部、脱がしてしまいたい……）

そう考えると割れ目に挿《さ》した肉樹が鋭く尖《とが》った。だからといって、洋服を脱がしてしまうわけにはいかない。いくら人気のない寂しい場所だからといって、絶対に人が通らないという保証はないのだ。

スカートの裾をめくり上げた。

ほんのりと甘く生々しい匂いが湧き上がる。それはすぐに風に運ばれていくが、腰を引き気味にして肉樹を外気に晒《さら》すとまた、濃い匂いが漂いはじめる。

乳房にあてがっているてのひらを離すと、ブラウスのボタンを摘んだ。

上から順に外《はず》していき、三つ目のボタンに指を伸ばしたところで、ゆかりに気づかれた。

「外しているのね」

慌てた声で囁くと、車のドアについている左手を離した。

遮《さえぎ》ろうとするゆかりの意図を察して、大地は腰を突いた。右手だけで支えているゆかりの上体が揺れ、右肘《みぎひじ》が折れた。ウインドウに顔がぶつかりそうになった。

「あん、やめて」

「何を、ですか」

「わたしだって、洋服なんて脱ぎ捨ててしまいたいわ。でも、だめ。できないわ」

「去年、下田の白浜海岸に行った時にはもっとすごいこと、してくれたじゃないですか」

「海の中で交わったこと？」

「憶えていてくれたんですね。あの時の大胆なゆかりさんからすると、このくらいのことでビクビクするなんて変です」

「きっとそれは……」

「えっ？」

「久しぶりに東京から戻ってきたでしょ。町の雰囲気に馴染んでいないからだと思うの。それに……」

「それに？」

大地は穏やかな口調で、ゆかりの言った言葉を同じように繰り返した。

「今思い返してみると、びっくりするくらい大胆なことをしたと思っていたわ。だからこそ、そんなことをした山神君に会いたいと思っていたの」

「よくわかりません」

「まだ話は途中なの……。あのね、大胆なことをしたのは、この町で平和にずっと暮らしてきて、わたし、ちょっと飛んでみたかったのかもしれない」

「今は変わったんですか」

「たぶん。東京ってすごく刺激的な街だからだと思うの」

「のんびりとした刺激のない田舎に住んでいたから、たとえば、学校の図書館でおちんちんをくわえたりしたってことですか」

「たぶん……。過去のことをいろいろ言われても、今となってはよくわからないわ」

「そうですか」

「でもね、ひとつ確かに言えることは、君のことが大好きだっていうこと。東京にいる時も忘れたことはなかったわ。それにね、こうして触れ合ってみて、やっぱり好きだったんだってあらためて感じたの」

胸の奥がじわりと熱くなった。

大地も彼女と同じことを考えていたからだ。ゆかりとのつきあいを思い出してみると、刹《せつ》那的《なてき》な交わりばかりが脳裡《のうり》に浮かんだ。けれどもいざ、こうしてぬくもりをわかちあってみると、肉の快楽だけでなく、心も悦びに満ちていることに気づいていた。

「おちんちんだけで、ゆかりさんとつながっているんじゃいやです」

「わたしもそうよ」

「ぼく、刺激を求めて、ゆかりさんに裸になってもらうつもりではなかった気がします」

「えっ……」

「ぼく、裸になります」

「いいのよ、無理しないで。恥ずかしいでしょ」

「ぼく、洋服越しではなくて直接、肌でゆかりさんを感じたいんです」

大地は言いながら、肩がブルブルッと震えるのを感じた。彼女と再会するまでは、そんなことは思ってもみなかったが、自然と言葉が次々と湧きあがってきたのだ。

割れ目に挿したまま、大地はウインドブレーカーを脱いだ。

中学三年生の時に修学旅行用に買った木綿のセーターもつづけた。時計のベゼルに擦られ過ぎて、左の袖がほつれていたが、そんなことも気にならなかった。

五月の陽の中で上半身を剝き出しにした。ベルトを取り、ズボンを足元に落とした。

パンツはしかし、脱げなかった。その小さな窓から肉樹が突き出ているからだ。脱ぐためには一度、割れ目から抜かなければならない。

（脱いでしまおう……）

大地は高ぶった頭でそう思った。

腰を引き、肉樹をゆっくりと抜いた。

「ああっ、外しちゃうのね」

「すみません、そのままちょっと待っていてください」

大地はパンツを下ろした。靴下とスニーカーも脱いでしまった。それらを履いたままではあまりに中途半端で恰好悪いと思ったからだ。

そよ風が頰にまとわりつく。

太陽を浴びているおかげで、すこしも寒く感じない。

草がくるぶしに触れる。チクチクするような痒《かゆ》みが生まれる。外で裸になっているという実感が、そうした些細なところから膨らんでいく。

「不思議です、ゆかりさん」

「何が？」

「部屋の中で裸になるのとずいぶん感じが違うんです」

「どう違うの？」

「心までのびのびするみたいです。だからかな、ゆかりさんがすごく身近に感じられます」

「わたしにも裸になれと言うのね」

「無理強《じ》いはしません」

「やさしいわね、山神君は。わかったわ、わたしも脱ぐ」

「いいんですか」

「そうしたほうが、君ともっと触れあえるんでしょ？」

大地は黙ったまま、力強くうなずいた。ゆかりが背を向けた。うつむいてブラウスのボタンを外す。髪が風にそよぐ。新緑の匂いに、化粧の人工的な甘い匂いが混じる。化粧のほうはすぐに消え、緑のすがすがしい香りだけに包まれる。

ブラウスを脱いだ。ブラジャーのホックはすでに外していたから、ストラップを肩から落とすだけだった。スカートに手をかけたところで、ゆかりが振り向いた。

「空気が美味しいわ。洋服を着ている時には気づかなかった」

穏やかな笑みを湛《たた》えると、スカートのファスナーを下ろした。スカートが足元にすとんと呆気《あっけ》なく落《お》ちた。

全裸で向かい合った。

自然の中で心がのびやかになっていくようだった。

不思議なことに、乳房や陰部に視線が向かわなかった。自然の中にいるからだが、それがどういう理由からなのかよくわからなかった。欲望が薄らいだわけではない。肉樹は屹立《きつりつ》しているし、何度も大きく跳ねて下腹に当たっている。

大地は半歩踏み込むと、ゆかりを抱きしめた。

乳房を胸板で押し潰した。

肉樹が下腹に埋まった。

太陽の熱を、彼女の軀に伝えている気がした。それを伝え終えたところで、互いのぬくもりの交換がはじまったように思えた。

「ああっ、素敵」

「ぼくもです」

「わたしたち、本当に裸で抱き合っているのね」

「車の中で抱き合っている時と、感じが違います」

「そうね、ほんとにそうね。こんなにも素敵なものだったのね」

ゆかりがうわずった声を洩《も》らした。瞳の潤みが濃く、厚くなっている。それが淫靡《いんび》さと健やかさが混じり合った妖しい輝きを放っていた。

「さあ、きて」

うっとりとした声で囁くと、ゆかりが背中を向けた。

赤みを帯びた肌が艶やかに陽を反射する。ブラジャーで締めつけられていたあたりだけ色合いを濃くしていた。

大地は半歩後ろに下がった。

ゆかりの躯をじっくりと眺めた。

(美しい……)

赤く染まっているはずの肌が、陽を浴びるうちに、透明感を増していた。それでいて輪郭はくっきりと浮き上がり、存在感も強まっていた。

(ゆかりさんは確かにここにいる。躯だけじゃなくて、心もぼくと一緒にいる……)

割れ目に挿さなくても、彼女とひとつになっている気がしてならない。ひとりよがりの思い込みだとはとても思えない。触れ合っていないのにそこまで感じられたことなど、今まで一度もなかった。だが、確かな実感として心が受け止めていた。

「ゆかりさんが、すごく近くに感じられるんです」

大地は腰を低くしながら肉樹の先端を割れ目にあてがった。

割れ目の外側の厚い肉襞《にくひだ》はめくれたままだ。熱を帯びたうるみが溢れている。外側の肉襞が波打ち、内側の薄い襞は細かく震える。

自然の中にいて、感覚が鈍くおおざっぱになるかと思ったが、そんなことはなかった。密室の車内で触れ合っている時よりも、肉樹を含め、たとえば指先や足の裏や鼻やくちびるといった、すべての感覚が鋭敏になっているのをはっきり感じた。

（ゆかりさんも同じはずだ……）

心がつながっているという実感があったからこそ、そう思った。それもまた思い込みの類ではない。

「きて、わたしとひとつになって」

「はい、ゆかりさん」

大地はくちびるを噛んだ。

腹の奥のほうが痙攣《けいれん》を起こしたようだった。痛みはまったく感じなかった。快感が軀の芯から波のように拡がっていった。

ゆっくりと腰を突き入れていく。

めくれた肉襞がひくついた。入口に溜まっていたうるみがいっきに溢れ出てきた。幹の裏側をつたう条《すじ》は、ふぐりの皺に入り込むものと、太ももにまで流れ落ちるものに分かれた。

ゆかりが腰を突き出してきた。

背中を波打たせている。肌の赤みが朱色に変わり、さらに透明感が深まる。呻《うめ》き声とも喘ぎ声ともつかない濁った音が、長い髪に隠れた彼女のうなじのあたりから響く。

「すごいの、ああっ、すごいの」

「ぼくもそうです」

「わたし、怖い……」

「怖い？」

「山神君が、わたしの中にどんどん入ってきているのよ。自分がどこかに飛んで行っちゃいそう……」

「ゆかりさんはここにいます。ぼくとひとつになっています。怖がらないでください」

「受け入れてしまえばいいのよね」

「そうです」

「わかっているけど、自分を見失ってしまいそうだから……」

腰を突いた。

割れ目の奥の肉の壁に、先端の笠がぶつかった。塊となっている襞にわずかに埋まったが、すぐに押し返された。肉樹のつけ根が同時に、締めつけられた。まるで入口と最深部の襞が連動しているようだった。

大地は屈み込んで、ゆかりの背中に軀をぴたりとつけた。

陽を浴びている背中はほんのりと温かかった。それを大地は吸収した。

「すみずみまで軀が重なっているような気がします」

「軀だけじゃないわ」

「そうです。心も溶け合っています」

「素敵ね」

「はい、ゆかりさん」

「いって、山神君」

「一緒じゃなければ、いやです」

「わたしはもう、いきそうなの。お腹の奥のほうがすごく熱い……。もう我慢できない」

掠《かす》れた声でそう言うと、ううっと短く呻いた。

大地は両手を回し込み、乳房にあてがった。彼女の敏感に感じるところをすべて塞《ふさ》いでいる気がした。

腰を動かす。

ゆかりもそれに合わせて、膝を突っ張らせてくる。

「いくわ、ああっ、もうすぐよ」

「ぼくも、です」

彼女のうなじにくちびるをつけながら囁いた。

爽やかな風が吹き抜けた。その直後、ふたりの軀が同時に硬直した。

第三章　若女将の心に刻む

ゴールデンウィークが終わってから二週間が過ぎた。

大地は今、柳井《やない》旅庵《りょあん》の裏庭にいる。若女将《わかおかみ》から布団の上げ下げと天日干しのアルバイトを頼まれたのだ。

今朝まで降りつづいていた小雨は止んだが、強い湿気が足元から這《は》い上がり全身にまとわりついてくる。額《ひたい》に浮かんだ大粒の汗を拭うと、空を見上げて今しがた雲に隠れた太陽の輪郭に目を遣《や》った。

ゴールデンウィークの時に休めなかった従業員の数人が休暇を取ったために、人手が足りなくなってしまったということだった。高校一年生の夏休みの時にも同じ内容の仕事をやっていたから、大地は戸惑うことはなかった。

汗が流れてくる。

Tシャツが濡れる。それが一生懸命に仕事をしている証《あかし》に思える。だからいくら濡れても不快ではなかった。

「山神君、ひと息入れてちょうだい」

若女将が笑みを湛《たた》えながら声をかけてきた。大地はうなずくと、両手にくっついている綿埃《わたぼこり》を払いながら、日陰になっている縁側《えんがわ》に歩いていった。

若女将の姿が目に入る。

美しさは変わらない。いや、以前と比べると、美しさに深みが加わったようだ。立ち居振る舞いに濃厚な艶《つや》が漂っているように思えてならない。ほかにも理由があるような気がしたが、高校二年生の大地にはよくわからなかった。

若女将が縁側に坐ると、お盆を置いた。

スカートの裾《すそ》がふわりと広がり、膝の上のあたりの太ももがわずかに見えた。

「汗びっしょりよ。さっ、冷たいお茶でも飲んで、休んでくださいね」

「ありがとうございます」

「感謝するのは、わたしのほうだわ。急なアルバイトだったけど、気持よく引き受けてくれたんだから……」

「そんなのは当然です」

「そう?」

「だって、麻子さん……、いえ、若女将の頼みですから、断れるわけがありません」

大地はそう言うと、若女将の表情をうかがった。若女将と言うべきところをついつい、名前で呼んでしまったからだ。

顔色はまったく変わっていなかった。聞こえなかったのかとチラと思ったが、すぐに、聞き流しているのだと大地は察した。

冷たい緑茶を飲む。

軀《からだ》に染み渡る。

氷がグラスにぶつかる涼《すず》やかな音が響く。旅館内は静かだ。遠くから弱々しい蟬《せみ》の鳴き声が聞こえてくる。旅館の静けさが際立《きわだ》つ。

大地は切れている息を整えたところで声をあげた。

「もう少しで終わります」

「お疲れさま。お昼休みを済ませたら、布団を入れてくださいね」

「はい、若女将」

「一緒に食事をいただく？」

「えっ……」

「板長に頼んで、君の昼食も頼んでおいたの」

「いいんですか」

「もちろん。人手がない時に助けてもらったんだから、当然よ」

若女将が太ももに両手を揃えて坐りながら、笑みを浮かべた。

グラスを手に持ったまま、大地はぼんやりと若女将の胸元を眺めていた。

豊かな乳房の膨らみが見て取れる。ブラジャーのカップが透けている。細かいレースの縁取りまでも見える。

スケベ心が盛り上がっていたからではない。

が、若女将の目にはそうは映らなかったようだ。

さりげなく胸元を手で隠すと、頬がすっと桜色に染まった。

沈黙がつづく。

溶けた氷がグラスにぶつかる。

(若女将の手を握ってみたい……)

静けさがふたりの距離を縮めているようにも、そしてかつて布団部屋で交わった記憶を呼び起こしてくれるようにも感じられた。

だが、大地はもちろん、手を伸ばしたりしなかった。

今日、久しぶりに再会したが、若女将の表情やしぐさに、かつての交わりを思い出させようという意図や思惑のようなものをまったく感じなかったからだ。もし、少しでもそうした雰囲気が伝わっていたとしたら、彼女に触れていただろう。けれども話し方やしぐさがよそよそしく、距離を保とうとしているのがはっきりと感じられたのだ。

（布団部屋でのことは、美しい思い出だ。それを今さら、持ち出すのは、思い出を穢《けが》すことになる。我慢しろ。ふたりだけの秘密として、記憶の抽出《ひきだし》にしまっておけ……）

記憶を糧に膨らもうとしている欲望を、胸の裡《うち》で叱咤して抑えようとした。が、意に反して陰茎が膨らみそうになるのを感じて、大地は縁側から腰をあげた。

「もうちょっとですから、頑張って終わらせてしまいます」

「終わったら、一階の奥の『柊《ひいらぎ》』という和室にいらして。昼食をそこに用意しますから。それとね、シャワーを軽く浴びていらっしゃい」

「いいんですか」

「その汗のままだと風邪をひいてしまうわ。そんなことさせたら、次の機会に頼みにくくなってしまうわ」

「よかった……」

「ふふっ」

含み笑いを洩《も》らすと、若女将が立ち上がった。スカートの裾が波打ち、化粧の匂いに混じって、陰部から放たれている甘く生々しい匂いを微《かす》かに嗅ぎ取った。

一〇分程で布団の天日干しは終わった。それから若女将に言われたとおり、ひとりで男性用のお風呂に入って汗を流した。下着姿の若女将が前触れもなくいきなり入ってきたりしないかと考えたが、そんなことはなかった。

用意していたワイシャツとズボンに着替えて、「柊」の部屋に向かった。

引き戸を開けた。スリッパが一足、すでにきちんと並べられていた。

襖《ふすま》を開けた。

座卓に料理が並べられていた。若女将が入口に近いほうに坐っていて、床《とこ》の間《ま》に近い側の上座が空いていた。

「山神君、さっ、坐って」

「いいんですか、ぼくが上座で……」

「そんなこと、気にしないで。ふふっ、わたしたち、そんな仲ではないはずでしょ?」

大地は曖昧《あいまい》にうなずき、上座に腰をおろした。

表情が変わらないように努めた。が、全身はカッと熱くなっていた。

(若女将が初めて、ふたりの仲のことを匂わせた……)

話の流れでそんなことを言ったのか、それとも意図的に持ち出したのか、どちらなのか見当もつかなかった。

黙ったまま昼食を食べはじめた。

うなぎを細かく切り、そこにきざみネギとカツオ節を盛った丼《どんぶり》で、鰻丼《うなどん》しか食べたことがなかったから、新鮮な味に思えた。何度も美味《おい》しい、と声をあげると、これはね、まぶし丼って言うのよ、つくり方はとっても簡単だからお母様に教えてあげたらいいわ、と若女将が言った。

一〇分程度で食事を終えた。

同時に話題もなくなってしまった。

気の早い蟬が鳴きつづけている。

そよ風に青葉が揺れる。

曇天《どんてん》にもかかわらず葉裏が輝く。

食事以外に、いったいどんなことを材料に話をすればいいのかちっとも脳裡に浮かばなかった。居心地が悪いからといってこの場を離れるわけにもいかず、大地は黙ったまま窓の外の青葉を眺めていた。

どのくらい時間が経っただろうか。

沈黙を破ったのは若女将だった。

よそよそしさと親しさの混じった口調だった。

「高校生の頃って、ぐんぐんと成長していくのね」

「えっ……」

「ちょっと見ない間に、山神君、すごく逞《たくま》しくなったから」

「わかりますか？」

「ワイシャツの上からでも、肩幅の広さとか胸板の厚さってわかるものよ。以前よりも筋肉が太くなった感じだわ」

「そうかもしれません。体重が増えているんです。去年の夏に着ていたこのシャツがきついです」

「そうでしょうね」

若女将がうなずいた。

自分のことを短い時間に隅々までしっかり見ていてくれたのだとわかり、うれしさと満足感も胸の裡《うち》に拡がった。

(久しぶりに会ったから、ぎこちないだけなんだ。時間がきっと、解決してくれる。交わった頃と同じような親しい関係になれるはずだ……)

廊下から足音が聞こえてくる。

日本庭園のほうからは従業員らしい人たちの声があがっている。きっと昼休みを終えた従業員の人たちだ。聞き覚えのある仲居さんの声も耳に入る。

意外と多くの人が働いているんだなと漠然と考えるうちに、ゴールデンウィークが終わったばかりだからお客さんは少ないんだろうとか、それなのにどうしてアルバイトを頼んだのかといったことが胸を掠《かす》めた。

普段ならば、頭の中に止《とど》まらず、通り過ぎていく軽い疑問だったが、どうしたことか、頭から離れなかった。

(若女将がぼくにアルバイトを頼んだ理由は、人手が足りないからではないんじゃないか。ぼくを呼ぶ口実にすぎないのかもしれない……)

そう考えると、若女将のぎこちない態度や親しかった頃になかなか戻れないことについて、説明がつけられる気がした。

(悩みを抱えているのかな)

大地はふっとそう思った。

いろいろと考えた末に、自然と導き出された答だった。

彼女を取り巻く情況はけっして良いものではない。それは高校二年生の大地もおぼろげながらわかっていた。

彼女はそもそも、柳井家に嫁いできた女性だ。ところがご主人が若くして亡くなってしまった。柳井家にとどまる理由を失った。そんな時、この旅館で頑張ってもらえるとうれしいの、それが息子の遺志でもあるはずよ、あなたも若女将として頑張りはじめたのだから、途中で投げないで欲しいの、よかったらここにとどまってちょうだい、と大女将《おおおかみ》に言われた。

そうした込みいった事情があることを、大地は若女将から聞いていた。

大女将との間に何かの軋轢《あつれき》が生まれたのかもしれないが、はっきりしたことはわからないし、大地のほうから訊《き》くこともできなかった。

「何か、あったんですか」

大地は静かな口調で訊いた。

唐突すぎるという気もしたが、そうやってぶつかっていかなければ、我慢強い若女将の心に響かない気がした。

「心配してくれているのね」

「何か様子がおかしいなって、ずっと考えていたんです」

「敏感なのね、山神君って」

「わかります、そのくらいは」

「そう？」

「よそよそしいから。何かを隠しているなっていう気がしていたんです」

「ふふっ……」

「何がおかしいんですか」

「だって、考えすぎだもの」

「さっきは『敏感なのね』と言ったじゃないですか」

「確かにそう言ったけど、今までと何も変わってなんかいないわよ」

「ぼく、お姉さんの力になりたいんです……」

腹の底に力を込めて言った。若女将と言うのではなく、敢《あ》えて「お姉さん」と言ったのだ。単なる知り合いというのではなく、かつての親密な関係を若女将に思い出させたいという意識が働いていたからだ。

彼女の頬の赤みが濃くなった。

瞳がせわしなく動きはじめた。高ぶりがみなぎりはじめているというより、不安から拡がっているといった雰囲気だ。

くちびるが微《かす》かに震えている。

わずかにうつむく。

長い髪が垂れ、顔の半分が隠れる。

若女将が何か言うのを待ったが、言葉は出てこない。

大地はいたたまれなくなり、立ち上がった。

縁側まで行ったところで長い息を吐き出すと、若女将のそばに思い切って歩み寄った。

背中をわずかに丸めている彼女の華奢《きゃしゃ》な肩に手をかけた。ブラウスのサラサラとした生地の感触とともに、体温が伝わってきた。

ビクンと肩が揺れた。

「ぼく、お姉さんの味方です」

「わかっているわ」

「だったら、心を許してくれてもいいのに……」

「そうね」

「言葉にして気持が楽になるなら、話してください」

「ありがとう……。しばらく会わない間に、軀だけじゃなくて、心も逞しくなったのね」

若女将が顔を上げた。

瞳の震えがいくらかおさまっていた。瞳を覆う潤みが厚くなっていて、頰の赤みが濃く変わっていた。

「驚かないでね」

「はい」

「わたし……」

「はい」

「まだ秘密にしておきたいから、内緒にしておいて欲しいの。約束よ、絶対に」

「わかっています」

「わたし……」

「はい」

「この家を出るの」

「えっ」

「柳井旅庵の女将を辞《や》めるの」

予想もしないことだった。

（やっぱり、何かあったんだ。力になってあげたいけど、ぼくにできることなんかあるんだろうか）

大地は何も訊けなかった。若女将の横に坐ると、黙ったまま彼女の肩を包むようにして抱いた。

なんのためらいもなかった。拒《こば》まれるといったことも考えずに、そうしていた。

「今日が最後かもしれないの、君とふたりきりで会えるのは」

「遠くへ行ってしまうんですね」

「京都に……」

「遠いですね。でも、会えない距離ではないじゃないですか」

「わたし……」

「はい」

「再婚することにしたの」

頭の芯が痺《しび》れた。

信じられなかった。

肩を抱いている手をこのままにしていていいのか一瞬迷った。

（触れあえるのも、今日が最後ということなんだ）

若女将が幸せを摑《つか》んだのかという想いと同時に、彼女を失ったのだという実感が入り交じった複雑な気持になった。不思議なことに、以前にも増して愛《いと》しさが膨らむのがわかった。

「大女将《おおおかみ》もまだ、麻子さんが京都へ行くことを知らないんですか」

若女将を包み込むようにして抱きながら、大地は訊いた。化粧の甘い香りとともに、彼女の軀《からだ》から滲《にじ》み出てきた生々しい甘い匂いを感じ取った。

若女将がうつむいたまま囁《ささや》く。肩がかすかに震える。揃えている膝が揺れ、スカートに皺が生まれる。

「そうなの、まだなの。旅館の人はまだ本当に誰も知らないの」

「京都の人と再婚するんですね」

「ええ、そう」

「その人、ここに泊まったお客さんだったんですか」

「違うの」

「え？」

「旅館組合の会合に、講師として呼ばれた人。講師といっても大学の先生とかではなくて、京都の老舗《しにせ》旅館のご主人なのね」

「ぼく、麻子さんが幸せになってくれるのはすごくうれしいけど……」

「けど？」

「ちょっとだけ、寂しいです」

大地は若女将の肩を抱いている腕に力を込めた。

腹の底から迫り上がってくる愛しさを彼女に伝えているつもりだった。

てのひらが汗《せ》ばむ。腕が痺《しび》れそうになる。けれどもどうしたことか、自分の想いのすべてが伝わっている気がしない。心を剝《む》き出しにしてぶつかり合った実感は、過去の記憶として確かに残っているそれが、てのひらにも腕にも心にも蘇ってこないのだ。

（もどかしいよ）

言葉が出てこない。

寂しさと愛しさが互いに刺激しあいながら増幅していく。

（ふうっ……）

大地は胸の裡でため息をついた。

頭の中は混乱しているはずなのに、カッカしていなかった。整理がつかないでいるはずなのに、整然としているようだった。何も考えられないようでいて、鎮《しず》まり返っている気もした。愛しい女性が自分の前から去っていく時というのは、こういう気持になるものなのか、と分析さえしていた。

物わかりのいい大人ならば、自分の気持を抑え、つくり笑いを浮かべながら彼女を送り出すのだろう。

自分もそうすべきなのか？

そうすることが、大人の男としてやるべきことではないか？

大地は戸惑った。

大人の男ならばどう振る舞うべきなのかとか、どうあるべきなのか、といったことを考えてみたがわからなかった。そんなことは誰も教えてくれないし、中高生向けの雑誌にも書かれていなかった。

大地は勝手にそれを想像し、心の裡につくりあげた。大人の男はこうあるべきだという理想の姿に、自分の気持を当てはめようとした。

だが。

しっくりしなかった。

背伸びをしている気がした。

心は燃え盛っている。

自分の気持をぶつけないまま、現実を無理矢理受け入れようとしていることに気づいていたのだ。つまり、そうやって彼女への想いを過去のものにすることで、気持を抑えようとしていたのだ。

自分を狡《ずる》いと思った。

心を晒《さら》け出し、女性にぶつかっていかないことを、自分らしくないとも感じた。

（ものわかりのいい大人になんか、なりたくない）

心の中で叫んだ。

それがきっかけとなった。

てのひらに自然と力が入った。

若女将を抱き寄せた。坐った状態ながらも、華奢《きゃしゃ》な軀がのけ反《ぞ》る。彼女の上体がぐらつく。揃えている膝がわずかに緩《ゆる》む。ふくらはぎの筋肉が動き、ストッキングの色合いが微妙に変化する。

「あっ、だめ」

両手を背中に回し、倒れそうになるのを堪《こら》えようとした。

遅かった。

いや、そうではない。

仰向けに倒れそうになっているのがわかった時から、大地はそうなることを望んで引き留めなかったのだ。

若女将の髪が乱れた。頬から首筋にかけて、桜色にさっと染まった。半開きの薄いくちびるがうねった。障子越しのやわらかい光が、ピンクの口紅にぬめり気を与えているように映った。

顔を寄せていく。

半開きのくちびるがわずかにめくれる。唾液がキラキラと輝き、口の端に溜まっていく。

くちびるを重ねた。

若女将の喉の奥で、濁った呻《うめ》き声が洩れた。それにつづいて、鼻にかかった掠《かす》れた吐息がかすかに響いた。

舌を差し入れる。

尖《とが》った舌先が応えてきた。

唾液を交換する。甘い匂いが口いっぱいに拡がる。彼女のヌルヌルとした舌が入ってくる。歯の先端の平らな部分をなぞり、歯茎《はぐき》をねぶる。くちびるを突っつき、唾液を吸う。

若女将と去年の夏、布団部屋で交わった時の高ぶりや心と軀がひとつになった確かな実感が蘇る。それが刺激となって、パンツの中の陰茎が勢いよく成長していく。笠を半分程包んでいるやわらかい皮がめくれる。幹が膨らみ、芯が固くなる。笠の裏側の敏感な筋が張りつめ、パンツの生地に擦《こす》られる。

(不思議だ……)

いつもなら、そうした変化や刺激が快感をもたらしてくれるのに、ちっともそうならない。くちびるを重ね、舌を絡《から》めているのに、欲望や性欲が膨らまない。だからといって、触れ合っている舌を離す気にはならないし、彼女のぬくもりから逃れたいとも思わなかった。

若女将が顔を振って、くちびるを離した。厭がったのではない。話をしようとしているのだと気づいた。

「このことは、今日の夜、大女将に話そうと思っているの。そうなったらきっと、大騒ぎになると思うの」

「そうでしょうね」

「ひとりになることもままならないし、君とこっそり会うこともできないと思ったの」

「そういうことを考えたうえで、ぼくを呼んだんですね」

「そうなの」

開いている瞳を、若女将がゆっくりと閉じた。舌を差し出し、くちびるの周りを舐めた。ふうっと湿った息を吐き、顎を突き出した。

誘われるまま、大地はもう一度、くちびるを寄せていった。

舌を絡める。唾液を交える。固くなった陰茎の芯に、強い脈動が走る。成長が止まっていた陰茎の長さが伸び、太さも増す。腹の底がブルブルッと震える。快感が全身に巡るのを感じる。

先程のくちづけの時とは違っていた。

アルバイトをなぜ頼んできたのか教えてくれたからだ。それはつまり、自分の気持を若女将が正直にぶつけてくれたと受け取ったからだ。

「触れ合いたい……」

大地も素直に囁いた。

仰向けになっている華奢な軀がビクンと一度、痙攣《けいれん》を起こしたように震えた。揃えている膝の間隔が一〇センチ程まで広がった。

若女将の応えを待ったが、くちびるは動かなかった。彼女の右肩と左の脇腹のあたりにてのひらをあてがって抱きしめていた。

「だめ、ですか」

「そんなことはないわ。今は無理。もうすぐ、チェックインの時間だし、わたしがフロントに顔を出さないと、従業員に探されてしまうわ」

「いつだったら、いいんですか」

「無理かな、もう」

「そんな……」

「ごめんね」

「ぼくのほうこそ、わがままを言ったみたいです。麻子さんを困らせようなんて思っていませんから、安心してください」

彼女の細い肩を摑《つか》んでいる左手を離すと、乱れた髪を梳《す》き上げてやった。

瞳が潤《うる》んでいた。艶やかな輝きを放っていて、さざ波も立っていた。それは女性が性的に高ぶっている時に見せるものに思えてならなかった。

「ぼく、このままだといやです」

「なあに、いやって？」

「お姉さんにしっかりお別れの挨拶をしたいんです。そのための時間を、ぼくにくれたんですよね」

「そうよ。だから、客室を使って君とお昼ご飯を食べたの」

「接吻《せっぷん》だけじゃ、いやです」

「そう言ってもらってうれしいけど、これ以上は無理よ」

「そんなのいやだ」

「欲張りね」

「麻子姉さんが素敵だから……」

「大地君も素敵よ」

「ぼく、我慢しなくちゃいけないんですね」

大地はそこで言葉を呑み込んだ。

陰部が重なるところまで若女将が軀をずらすと、腰を突き上げてきた。中途半端に膨脹している陰茎が刺激を受けた。

偶然にそうなったのではない。

明らかに性感を煽《あお》る動きだった。

くちづけだけで終わりにしたくないとわがままを言ったからだろうか。それとも彼女自身の高ぶりに突き動かされたうえでのことだろうか。

どちらかわからなかった。

意味が違うはずなのに、陰茎は膨脹をつづけて肉樹《にくみき》に成長を遂げた。

「ああっ、すごく硬い」

「お姉さんがそうさせたんです」

「心も軀も逞しくなったのはわかったけど、おちんちんも力強さが増したみたいだわ」

「ぼくにはわかりません」

「わたしにはわかるの。君の軀のことは、肌が憶えているから」

「お姉さん……」

「なあに」

「お願いがあります」

「うん？」

「ひとつになりたい……。短い時間でいいから、ひとつになりたい。お姉さんとつながったという確かな実感を、心に刻みたいんです」

大地はそこまでいっきに言った。それに応えるように、パンツの中の肉樹が跳ねて、若女将の陰部を圧《お》した。

互いに洋服を着ているのに、それを感じなかった。

肉樹がやわらかい下腹部に埋まる感じがした。陰毛の茂みのざらついた感触を、膨脹した幹で感じ取った。錯覚であることは間違いないのに、実感があった。

（心が近づいているからこそ、こんな気持や感覚が得られるんだ）

若女将の口から直接、再婚して修善寺を離れる、と訊かされた時から芽生えていた焦《あせ》りにも似た気持が薄らぐのも感じた。

大地は腰を突いた。

スカートの裾とストッキングが擦れ合うのがわかった。パンティに押し潰されている陰毛が絡み合ってよじれるのも感じた。

若女将の軀が熱い。

額にうっすらと汗が浮かび、頬を染める桜色が赤みを濃くしている。瞳を覆う潤みも厚みを増し、さざ波も高くなっていく。仰向けになったために胸元に流れ出た乳房のすそ野が波打つ。赤みも濃くなり、ブラウスの隙間から、生々しい匂いが立ち上がってくる。

若女将の表情が変わった。どこがどう変化したと言えないが、表情全体が艶やかで妖《あや》しさに満ちたものになっていた。

下腹にほんのわずかに力を入れるだけで、膨脹した肉樹が跳ねる。先端の笠がパンツのゴムの下から這い出る。肉樹のつけ根にくっつくようにして、ふぐりが硬く引き締まる。先端の細く小さな切れ込みから、透明な粘液が滲み出てくるのがわかる。下腹が濡れ、パンツがそれを拭《ぬぐ》うのも感じる。

大地は恐る恐る若女将の乳房に、てのひらをあてがった。少しでも拒む気配を感じたら、手を引っ込めようと思ったが、そんな様子はまったくなかった。

妖しさを帯びた艶やかな表情に変わりはない。半開きのくちびるが時折、プルプルッと震える。口の端に溜まった唾液の細かい小さな泡が、障子越しのやわらかい光を反射する。

（お姉さんのおっぱいだ……）

ブラウス越しにブラジャーを感じ取った。レースの感触とともに、下辺を支えるカーブしたワイヤーもはっきり指先に伝わってきた。

下辺から持ち上げるようにして愛撫を繰り返す。乳房を直接、触っていないけれど、やわらかみも弾力も感じ取れる。硬く尖った乳首が細かく震えるのもわかる気がする。指やてのひらで若女将の肌やぬくもりを感じているのに、直接、触れることを願っていた。

大地は貪欲《どんよく》だった。

乳房から手を離すと、今度は太ももに移した。

触れた瞬間、筋肉が収縮した。ストッキングの編み目もかすかに縮まるのがわかった。

「ああっ、だめ」

若女将が呻きながら、軀をくねらせた。

揃えられている膝がざっくりと割れた。

指を立てたまま、太ももの内側をつけ根に向かって撫でていく。そこの筋肉がピクピクと動く。生々しい匂いが濃くなる。それはふたりを包むだけでなく、部屋全体に充満していく。高ぶりが煽《あお》られ、息苦しさが強まる。

「だめよ、山神君」

「ごめんなさい。ぼく、調子に乗りすぎました。やめます」

「あっ、だめ」

「えっ」

「いいの、そのままつづけて」

「だめなんでしょ？」

「だめだけど、いいの」

「よくわかりません」

「山神君だからいいの」

「そうなんですか？」

「ほんとはね、ここでしちゃいけないと思っているの。でも、ここでしなければいけないっていう気もしている。そうしなければ、わたしも名残惜《なごりお》しいまま、この町を離れることになりそうだから……」

言い終わると、若女将の頬の赤みが鮮やかな朱色にさっと変わった。

太ももを這っている指を陰部に導くように腰を突き上げる。畳にお尻をつけたまま左右に振る。

陰部に指を這わせた。

緩《ゆる》んだストッキングは濡れていた。割れ目から染み出た潤みは、パンティを通り抜け、太ももに近い部分のストッキングまで広がっていた。

「洋服、脱がしてもいいですか」

「そんなこと、訊《き》かないで」

「いいんですね」

「あん、ばか」

せつなそうな甘い声をあげると、若女将が上体を反らした。背中を畳に付けると、腰を突き上げた。乱れた髪の間から、淫靡《いんび》な顔が垣間《かいま》見えた。

若女将が軀をくねらせるうちに、ブラウスの裾がスカートから出てきた。

太ももを広げる。ストッキングに包まれた陰部をさらけ出す。甘さの濃い生々しい匂いが湧き上がる。

大地はそれを味わうように、ゆっくりと胸の奥まで吸い込んだ。瞳を閉じながら全身に行き渡らせていくうちに、いつか嗅いだ匂いのような気がしてきた。

うっとりしながらも、この匂いはいったいなんだろうと思った。何度か胸いっぱいに吸い込むうちに、肉樹《にくみき》がビクンと大きく跳ねた。

匂いの正体がわかった。

(金木犀《きんもくせい》の匂いだ……)

生々しいだけの匂いから、甘酸っぱい金木犀の花が放つ香りに似た匂いに変わったことに気づいたのだ。

匂いが欲望の記憶を喚《よ》び起こす。

アルバイトを頼まれた日、若女将と交わった布団部屋の狭くて暗い空間が蘇《よみがえ》った。

天日に干した布団から匂い立つ陽の匂いに混じって、若女将の軀から滲み出てきた金木犀の香りが拡がった。

肌を重ねるたびに、その甘い匂いが肌にべたりと張りついた。うっとうしいと感じたことはなくて、甘酸っぱい匂いにまみれていたいと願ったくらいだった。

(思い返してみると、まるで夢のような出来事だったな)

くすぐったいような、ほろ苦さを感じるような思い出だ。

若女将が瞼《まぶた》を開いた。

薄いピンクの口紅が障子を通して入ってくる昼の光を浴びて艶《つや》やかな輝きを放つ。口の端に溜まった小さな唾液の泡がキラキラと輝く。

「山神君、どうしたのかしら。手も動かさずに黙っていられると、わたし、ひとりきりの気がしちゃうわ」

「ごめんなさい……」

「いいのよ、謝らなくても」

「麻子さんの匂いって素敵だなって思っていたんです」

「わたしの匂い？」

「ぼく、初めて触れ合った時から、金木犀に似た匂いに包まれて、すごく幸せな気持になったんです」

「わたし、そんな匂いがするのね。自分では気づかなかったわ」

「去年の秋、金木犀の花が町のあちこちで咲いている時なんか、若女将のことをずっと考えていました」

「恥ずかしいわ」

「布団部屋でのことを、ぼく、思い出していました」

「あん、いや」

瞼を閉じると、若女将が首を左右に振った。赤みの濃くなった頰が、恥じらっているためか細かくプルプルと震えた。息遣いの荒さが強まり、ストッキングに包まれた下腹部全体の膨らみの豊かさも増した。

スカートをたくし上げる。

紫がかったピンクのパンティがベージュのストッキング越しに見える。マチの部分だけ色合いが濃くなっていて妙に生々しい。女性の秘密を垣間《かいま》見ている気がしてならない。見ていいものなのかどうか、ためらいすら感じてしまう。

ストッキングのウエストのゴムに指を引っかけた。

太もものつけ根のあたりまでずり下ろしていく。いっきに引き下げようとしたが、ゴムがきついのかウエストがたっぷりとしているからかわからないが、いずれにしろ、思い描いたようにはできなかった。

陰毛の茂みのあたりだけ、パンティのピンクが濃くなっていた。

色味が変わっているのはそこだけではなかった。

割れ目を覆っている生地が変色している。しかもぴたりとくっついているために、厚い肉《に》襞《ひだ》がめくれていることや割れ目の溝までもが浮き上がっているのだ。

（麻子さんの割れ目も見られなくなっちゃうんだ……）

大地はごくりと唾液を呑み込んだ。

肉樹がパンツの中で勢いよく何度も跳ね、張りつめている敏感な裏側の筋がひきつれた。透明な粘液と汗と火照《ほて》りのために、肉樹だけでなく陰毛までもがじっとりと濡れていた。

パンティの中に指を差し入れる。

もわりとした熱気とともに、金木犀に似た甘さの濃い香りが湧き上がってきた。

陰毛が湿っているために束のようになっている。そのせいで茂みへの侵入がすんなりいかない。大地は仕方なく、地肌に指を這わせるのを諦め、茂み全体をてのひらで覆うようにして、割れ目に指を向かわせる。

パンティに拳が浮き上がる。

自分のごつい指の動きとともにパンティのレースの隙間が広がる。

敏感な芽はすぐに見つかった。

うるみが指に絡みつく。円錐の形をしているのが触っているだけでもよくわかる。去年の夏、この襞に何度も触れたはずなのに、初めて触れているような気がする。記憶力が弱いというより、若女将のそれが変わったせいのように思えてならない。

割れ目がつくる深い溝に沿って、指をゆっくりと動かした。

厚い肉襞が波打つ。

内側の薄い肉襞はめくれ返ることなく直立している。指が動くたびに、お尻のほうから敏感な芽に向かってさざ波のように細かく揺れる。

指の第一関節まで割れ目に埋めた。そのまま前後に動かした。外側の厚い肉襞が元に戻りかけ、すぐまためくれた。内側の薄いそれは波打ちながら、指に絡みついてきた。

「ああっ、いい……」

「指が喰べられているみたいです」

「そんなこと言っちゃ、いや」

「本当です、麻子さん」

「もうすぐ昼休みが終わるけど、わたし、我慢できなくなってきたわ」

「ぼくも、です」

「いつの間にか、すごくいろいろなことが上手になったのね」

「いろいろなことって？」

「その指の動きなら、女の人なら誰でも十分に高ぶらせることができるわ」

「そんなのいやです」

「うれしくないの？」

「だって、今はぼく、麻子さんだけを悦ばせたいんです」

「ああっ、うれしい……」

若女将が低く唸《うな》るような声を洩らした。荒い息遣いをつづけた後、いきなり上体を起こした。口元に笑みを湛《たた》えていた。

腹の底がぞくりと震えるくらいの美しさだった。うっとりとした表情に微笑が混じると、こんなにも妖艶になるものなのかと思った。

「ねえ、ここで、して」

「いいんですか」

「従業員が探しにくるかもしれないけれど、その時は静かにしていてね。それさえ約束できれば、わたし、ここでしたい……」

「はい、女将さん」

若女将が気だるそうに立ち上がった。髪の乱れを直しながら、床の間の横の押し入れに向かい、襖《ふすま》を開けた。

(布団を敷いてくれるんだろうか)

大地はズボンを脱ぎながら、彼女の動きを見守った。ワイシャツのボタンを素早く外し、靴下も脱いだ。

押し入れの上段には、布団が高く積まれている。若女将はそれには手を伸ばさず、布団に顔をくっつけながら、ブラウスを脱ぎ、スカートのファスナーとホックをぎこちない手つきで外した。下着姿になってもまだ、布団を下ろさなかった。背中に手を回してブラジャーのホックを外すと、ストラップを肩から落とした。

パンティだけの姿になった。ウエストのくびれとふっくらとしたお尻が対照的だったが、どちらも見事な曲線を描いていた。肌の赤みは拡がっていて、やわらかそうなふくらはぎまで鮮やかな朱色に染まっていた。

若女将が布団に顔をつけたまま、くぐもった声を洩《も》らした。

「山神君も脱いだの？」

「はい……」

「全部？」

「いえ、本当はまだ下着姿です」

「裸になって」

「布団ならぼくが敷きます。アルバイトさせてもらっているから、慣れたもんです」

「いいの、気を遣わなくても。下着を取ったら、わたしも裸にして」

言われるまま、大地は全裸になった。

立ち上がると、肉樹が大きく跳ね、下腹を打ちつけた。湿った音が静まり返った和室に響いた。ふぐりがきゅっと縮こまった。先端の小さな切れ込みから透明な粘液が滲み出て、下腹にくっついた。

大地は若女将に近づく。

小さな布に包まれたお尻がピクピクと震える。揃えている足をわずかに広げ、パンティを脱がせやすいような体勢を取ってくれる。

パンティのウエストのゴムに指を引っかけた。

お尻がつくる谷間がパンティに浮き上がる。それが広がったり狭まったりを繰り返す。踵《かかと》があがったかと思うと、膝がガクンと落ちそうになる。

パンティを脱がした。

金木犀に似た甘い香りがさっと立ち上がった。それは指に絡みついたうるみを鼻先に持っていって嗅いだ時と同じくらい甘さが濃かった。

陰毛の茂みが数本、股の間から垣間見える。めくれた外側の厚い肉襞からうるみが流れてくる。大地はさらにしっかり見られるように、お尻に両手をあてがい左右に押し開いた。

「あん、だめ」

「麻子さんのすべてを、ぼく、しっかり見ておきたいんです」

「恥ずかしい……」

「襞が充血していて、すごくきれいです。ツヤツヤしています。内側の薄い襞がピクピクッと動いています」

「いや、そんなに細かく言わないで。ああっ、もうだめ。ほんとにわたし、我慢できない」

「もう少し……」

「いや、きて」

「目に焼きつけたいんです。会いたくても会えないんです。記憶にしっかり留《とど》めておきたいんです」

「きて……。見ているだけじゃなくて、わたしのことを、躯に記憶して」

若女将のうわずった言葉に煽られ、欲望が腹の底から迫り上がった。幹の裏側で盛り上がっている嶺に強い脈動が走り抜けた。笠と幹を隔てる溝に溜まっていたわずかな粘液が、敏感な筋をつたって流れ落ちた。

大地は立ち上がった。

若女将の背中に胸板を押しつけた。

両手を乳房に回すと、脇腹のほうからすくいあげながら揉んだ。そうしながら尖《とが》った乳首を人差し指と中指で軽く摘《つま》む。先端の平らなところを円を描くようにして撫でる。それを何度か繰り返した後、乳房に押し込んだ。

埋まった乳首が硬くなるのが、指先を通して伝わってくる。迫《せ》り上がっている乳輪が火照り、同時に湿り気を帯びる。乳房の奥のほうから強い力で、乳首を押し返してくるのを感じる。指先に意識を集中させながら愛撫をつづけていたが、それだけに没頭していたわけではない。腰を上下に動かし、先端の笠を割れ目にあてがうこともつづけていた。

大地はいつの間にか、ひとつのことに気をとられることなく、ふたつみっつと別の動きができるようになっていたのだ。

笠を割れ目にあてがった。

うるみが熱かった。

襞もまた熱気をはらんでいた。

（若女将が燃えている……）

大地は息を詰めた。

腹筋に力を入れ、踏ん張った。

彼女の後頭部に頬を寄せると、

「これが最後なんですね」

と、囁いた。

重ねた布団に顔を埋めている若女将が小さくうなずいた。大地は薄目を開けて彼女の横顔をチラと見た。

閉じた瞼の端が潤みで濡れていた。その向こう側に布団が見えた。

(布団部屋にいるみたいだ)

大地は腹の底がぞくりと震えるのを感じた。若女将が意識的に布団部屋を思い出させようとしているのでないことはわかっている。高ぶった声が廊下や庭に洩れないようにという配慮だったはずだ。

それが偶然にも、視界に入るのは布団だけという情況になった。

大地は頭の芯がクラクラッとした。

自分がいったいどこにいるのか、わからなくなりそうだった。かつて味わった甘美な交わりが蘇り、現実と交錯した。

「さあ、きて。わたしの軀に、君のすべてを刻みつけて」

「はい、麻子さん」

「好きにしていいのよ。欲望をぶつけていいの。わたし、そうして欲しい」

「ぼくもそうしたかった……」

「ああっ、同じ気持だったのね」

「そうです、麻子さん」

華奢《きやしや》な肩が痙攣《けいれん》を起こしたように大きく震えた。割れ目にあてがっている笠が外れそうになったが、大地は咄嗟《とつさ》に腰で動きを合わせた。

うるみが熱い。つけ根に流れたそれがふぐりまでも熱く刺激する。

大地は腰を突き上げた。

笠がいきなり最深部に当たった。

「ううっ、すごい」

布団に顔を強くつけながら、若女将が声を放った。重ねた布団が揺れた。枕のソバ殻も動いたらしく、乾いた音がかすかに響いた。

軀をくの字に折ると、若女将が右手を股間に運んできた。

自分で敏感な芽をまさぐるのかと想ったがそうではなかった。

うるみにまみれた幹に触れてきた。荒い息が一瞬止まり、ううっ、という呻《うめ》き声が後頭部のあたりから響いた。

「君のおっきいものが、わたしの中にほんとに入っているのね」

「奥まで入ってます」

「ああっ、わかるわ。わたし、こんなに濡れているのね」

「気持がいいです、麻子さん」

「わたしも……。大きな声をあげてしまいそう」

「入口の引き戸の鍵は閉めました」

「廊下に洩れないかしら」

「麻子さんに気を遣われたら、ぼくも没頭できません」

「ごめんなさい。ああっ、わたし、どうしたらいいのかしら」

布団に顔を押しつけるのを忘れたまま、若女将が甲高《かんだか》い声をあげた。自分の放った声に驚き、布団に顔を埋めた。

大地は腰をいったん引くと、勢いよく突き入れた。

襞の塊《かたまり》を裂いて侵入していくような気がしてならない。最深部の肉の壁に当たる。押し込むと、弾力のあるそれはすぐさま押し返してくる。細かい襞が先端の小さな切れ込みを撫でる。入口の厚い肉襞がつけ根を締めつける。

その時だ。

ドアをノックする音が響いた。

全身が凍りついた。

若女将の呻き声が瞬時に止まった。

「いま、行きますから……」

押し入れの中に重ねた布団に顔をつけていた若女将がいきなり振り返り、ノックされたドアのほうに向かって声を投げた。

ほんの今しがたまで洩《も》らしていた甘い響きはなかった。裸体を晒《さら》し、割れ目からうるみを溢《あふ》れさせていたが、声音《こわね》だけは普段の若女将らしいきりりとしたものに変わっていた。

若女将の声がドアの向こうにいる従業員に聞こえたようだ。それきりノックの音は聞こえなくなった。

（中途半端なままだけど、麻子さん、行っちゃうつもりなのかな。……）

大地は肉樹《にくみき》を若女将の背後から挿したまま、息をひそめ、軀を硬直させていた。これでお終いにして肉樹を抜いたほうがいいのか、それともふたりで絶頂に昇りつめるまでつづけたほうがいいのか迷っていた。

いや、そうではない。若女将が判断してくれるのを待っていたといったほうが正確だろう。決めるのは自分ではない。それくらいのことは、いくら高ぶっているからといって忘れることはなかった。

「麻子さん。ぼく、どうすればいいんでしょうか」

「どうしたいのかしら」

「きっと今日が、ふたりきりで会える最後の日でしょ？」

「たぶん、そうね」

「そうだとしたら、ぼく、最後までいきたい……。今の麻子さんのすべてを、軀にも心にも刻みつけたいんです」

「わたしも、同じ気持よ。でも……、わたし、行かなくちゃ」

「いやだって言ったら？」

「山神君のこと信用しているのよ、わたし。困らせるようなこと、言わないってわかっているわ」

若女将にそう言われると、いくら性欲がたぎっているからといって、交わりつづけることはできない。ふぐりの奥からジンジンと痺《しび》れるような波が押し寄せてくるのを感じながら、

（信頼に応えてこそ、ふたりの関係は美しい思い出となるんだ……）

と大地はそう思った。

名残惜《なごりお》しかったが、肉樹を割れ目から抜いた。

硬く尖《とが》った肉樹が跳ねた。下腹に当たって湿った音をあげた。同時に、笠と幹の溝《みぞ》に溜まった白っぽく濁ったうるみが飛び散った。飛沫のいくつかが若女将の赤く染まったお尻に落ち、障子越しに入ってくる午後の穏やかな陽を反射して、艶《つや》やかな輝きを放った。

大地は坐り込んだ。膝がガクガクと揺れていたし、ふくらはぎや太ももから力が抜けたか

らだ。中途半端なまま終わることになった交わりが、若女将との交わりの最後になるという事実の重大さに気づき、気力が萎《な》えてしまったのだ。

　顔を上げた。

　目の前に若女将のお尻が見える。

　お尻がつくる谷間の向こう側に、しんなりとした陰毛が束になってよじれているのが目に入る。その手前では、めくれたままの厚い肉襞がぷっくりと膨らんだり縮んだりを繰り返している。わずかに白濁したうるみが太ももつけ根にまでつたっているのもはっきりと見て取れる。

（こんなにも興奮しているのに、さっと止めることができるものなんだ）

　驚きと感心とが混ざった複雑な気持になり、大地はせつなそうな長い息を吐き出した。

　若女将がようやく振り向いた。

　鮮やかな朱色に染まっていた頬の色合いが薄まっていたが、瞳を覆う潤みは厚く濃かった。口の端に溜まった唾液の細かい泡粒を舌でゆっくり拭《ぬぐ》うと、はにかんだような笑みを浮かべて腰をおろした。

「やっぱり、こういうことになるんじゃないかなって心配していたの。山神君、ごめんなさいね」

「いいんです。無理してくれているって承知していましたから。麻子さんと少しでも触れ合うことができただけでも満足しないといけないんです」

「ごめんなさい……」

「そんなに謝らないでください。二度と会えなくなりそうです」

「まだよ、これが最後ではないわ」

「本当ですか」

「山神君、君は確か、裏庭でお布団を干していたわね。そろそろ取り込む時間でしょ？」

「そうですけど」

「布団部屋にお布団を仕舞ったら、そのまま待っていてね」

「えっ……」

若女将が黙ってうなずいた。

瞳を覆う潤みの厚みが薄くなった。柳井旅庵を仕切っている普段の表情に戻った。

(布団部屋で待っていればいいんだ。初めて触れ合った場所で、最後の触れ合いをしてくれるんだ)

大地は胸が詰まった。

瞼の奥がじわりと熱くなった。

若女将がいい加減な気持で自分と触れ合っていなかった証《あかし》に思えた。彼女の心の温かさが、邪魔されたり減じたりすることなく伝わった。

若女将が先に仕事に戻った。大地はそれから五分程経ってから、昼食のお膳を持って部屋を出た。

目的があると、いつにも増して仕事に集中できるものだ。これまでならば一時間近くかかっていた布団の取り込みを、四〇分程で終えることができた。

汗が流れ出ている。

シャワーを浴びたかった。しかし、若女将の了承がないと大浴場を使うことができない。無断で旅館の施設を使ってはいけない、という規則になっていたのだ。許可を得ればいいのだが、布団部屋で再会する前に、若女将と事務的な話などしたくなかった。

布団部屋での逢瀬《おうせ》が、自分の想いをぶつけられる最後の機会だ。それまで自分の気持を整理しておきたかった。いや、それ以上に、気持の高ぶりをひとりでいることでさらに強くし、純粋なものにしたかった。だからこそ、汗を流すことを諦めたのだ。

最後の敷き布団を畳んで積み上げると、大地は壁のようになっている布団に寄りかかった。

裸電球に照らされている部屋を見回す。

明かりがかすかに揺れている。引き戸からわずかに外光が入り込んでいる。オレンジ色の明かりと澄んだ陽の光が混じり合う。若女将がもうすぐやってくると思うと、その光が妖《あや》しく淫靡《いんび》なものに感じられてならない。

右手の三本の指がついつい股間に向かってしまう。ズボンの上から硬さのほぐれた肉樹を撫でる。皮を剝き、つけ根に向かって引き下ろす。裏側の敏感な筋を突っ張らせ、痛みに似た刺激を得る。透明な粘液が滲み出てくるのがわかり、大地は指を股間から離し、迫《せ》り上がる性欲を抑えようとする。

廊下を歩いてくる足音が聞こえた。

(若女将だ……)

大地は股間から指を離した。

宿泊客がいる時は必ず着物姿の彼女の歩き方の特徴を、すでに把握していた。踵から床に下ろし、爪先を緊張させている。そういう歩き方だからこそ、スリッパを履いているというのに、床を叩くようなパタパタという雑音が混じらないのだ。

引き戸の前で足音が止まった。

深呼吸を二度するのも聞こえた。

それからさっと引き戸が開き、若女将が入ってきた。

「銀行の方が来ちゃって、時間がかかってしまったの。こんな暗いところで待たせちゃってごめんなさい」

若女将が指先で乱れた髪を梳《す》き上げながら、ひそめた声で言った。

(なんて美しいんだ)

オレンジ色の明かりを頭上から照らされている彼女の顔から、淫靡さと健《すこ》やかさと清潔感といった相反するものが同時に伝わってきた。

大地は立ち上がった。

金木犀《きんもくせい》の花の匂いに似た甘い香りがさっと拡がる。化粧品の人工的な香りとは違って、生々しさをはらんでいる。

「麻子さん、会いたかった」

囁くように言うと、若女将を抱きしめた。

背中がしなる。のけ反《ぞ》りながら、喉の奥で濁った音を響かせる。甘い匂いがブラウスの胸元の隙間からも、長い髪からも匂い立つ。

「わたし、あまり時間がないの」

「まさかもう、戻るんですか」

「ううん、三〇分くらいなら、なんとか時間がとれそうよ」

「そうか、チェックインの時間が迫っているんですね」

大地は腕に力を込め、華奢《きゃしゃ》な軀をさらに強く抱きしめた。肉樹のつけ根が火照《ほて》った。ふぐりが縮こまり、同時に幹に硬さが戻った。

先端の笠が膨らむ。

自分で皮を押し下げていないのに、裏側の敏感な筋がひきつれる。パンツのウエストのゴムの下から笠が這い出てくる。

陰部を押しつけようとすると、若女将のほうから細い指で股間をまさぐってきた。性急な愛撫だったが、それでも鋭い快感が生まれ、肉樹のつけ根から大きく跳ねた。

(本当に時間がないんだ……)

別れを惜しむような、ゆったりとした時間を過ごせるものだとばかり思っていたから、せわしない触れ合いに気持が乗っていかない。だからといって高まりが鎮まるわけでも、性欲が萎えるわけでもない。若女将の指の動きに肉樹は反応し、痛いくらいに張っている。血管や節が浮き上がっているのを、パンツに擦られることでもわかったりする。

若女将を抱きしめたまま、仰向けに倒した。抗《あらが》う気配はまったくなかった。いや、それどころか、お尻をついたあたりからは時間を惜しむように、自らすすんで横になった。

「ここにキスして……」

甘い囁き声が布団部屋に響いた。

いきなりスカートの裾をたくし上げた。生々しい甘さの匂いが湧き上がり、汗の乾きかけた肌にべたりと張りついてきた。

大地は息を呑んだ。

パンティを着けていなかった。ストッキングも穿《は》いていなかった。

黒々とした陰毛の茂みがいきなり目に入った。頭の芯が痺れた。屹立《きつりつ》している肉樹の先端の小さな裂け目から、とろりと透明な粘液が溢れ出てくるのがわかった。

白い足の間に入る。

顔を陰部に近づける。そうしながら右手でベルトを外し、ズボンを素早く脱いでいく。

目を閉じていると思ったが、長い睫毛がピクピクと震えていた。仰向けになったまま、こちらの動きをつぶさに眺めていたようだ。

ズボンを脇に放り投げたところで、若女将が愛撫をうながすように、スカートをさらにたくし上げた。それからゆっくりと背中を反らし、ブラウスの裾もめくっていった。

(頭のほうからブラウスとスカートを脱ぐつもりでいるんだ)

大地は目の端で彼女の動きを追い、みぞおちのあたりまで裾が引っ張り上げられたところで陰部に集中した。

縦長の陰毛の茂みの端に、いくらか濃い色合いのうぶ毛が広がっている。それをついばむように、大地はくちびるで突っついた。

時間がないと言われたせいか、どうも落ち着いて愛撫できない。少ない時間の中で、できる限りの触れ合いをしようという気持に切り替えようとしても思うようにいかない。

挿入を果たすだけのために、彼女を高ぶらせて割れ目にうるみを滲ませようとしている気になりそうだった。

(そんなつもりで愛撫しているんじゃない……)

うぶ毛の先端を舌先で掃くように撫でていると、若女将がゆったりとした口調で囁いた。

「ごめんなさいね……。時間がないって言ったせいで、焦《あせ》らせてしまっているみたいね」

「仕方ありません」

「ううん、そんなことない。わたしがいけなかったわ。時間のことは気にしないで。お客様を迎えるまでならまだ、たっぷりとゆとりはあるの」

「ほんと、ですか」

「シャワーを浴びたり、着物を着たり、お化粧する時間をたっぷりとっておこうと思っていたのね」

「その時間を削ってもいいんですか」

「ふふっ、大丈夫よ。心配しなくてもいいわ。わたし、長いこと若女将をやっているんですもの。時間をかけなくたって、それなりに仕上げられる術《すべ》は心得ているわよ」

若女将がブラウスとスカートを頭のほうから脱いだ。

ブラジャーもしていなかった。

パンティを着けていなかったくらいだからある程度予想していたが、それでも実際にいきなり豊かな乳房が現れると高ぶりが迫り上がった。

乳房の下辺の盛り上がりや見事な曲線が美しい。これが再婚を決めた女性の乳房なのかと思うと、呼吸をするのも苦しくなる。

ふうっと長い息を陰毛の茂みに吹きつける。湿り気をはらんだ茂みの奥に溜まった生々しい甘さが押し出されるようにして拡がる。

大地は腰をブルブルッと震わせた。

それがきっかけとなって、気ぜわしさがすっと消えていった。

「麻子さんのことを、自分の躯に刻みつけたいんです。ぼくのことも麻子さんの記憶に残るようにしたい……」

「とってもうれしい。君のことはずっと忘れないわ」

「キスマークをつけてもいいですか」

「えっ？」

「だめですよね、やっぱり」

「ううん、驚いたの。高校二年生の君の口からそんな言葉が出るなんて思わなかったから」

「ごめんなさい」

「ふふっ、謝ることないわ。いいわよ、君の好きなところにつけて」

「いいんですか」

「わたしもつけて欲しいなって思っていたの」

「ほんと？」

「結局は消えてしまうものだけど、それをつけてもらったという記憶は確かに残るはず。君との素晴らしい出会いを、いつまでも胸に留めておくためにもそうしたかったの」

「どこでもいいんですか」

「君が望むところならどこでもいいわよ。だけど、洋服や着物に隠れないところはだめ」

「わかっています」

「よかった」

若女将が両手を広げ、足もおずおずしながらも開いた。首を折り、こちらに視線を送ってきた。それから思わせぶりな笑みを浮かべ、右目でウインクをした。どこにでもキスマークをつけていい、という意思表示に取れた。

息が詰まった。

愛しさが込み上げた。

若女将と触れ合い、慈《いつく》しみ合った去年の夏の姿が一瞬にして脳裡を走り抜けた。そして同時に、幸せになって欲しいと心から願った。

「素敵な出会いでした」

大地はポツリと言うと、上体を起こした。

若女将の軀が痙攣を起こしたように震えた。

美しい女体が布団部屋の裸電球に照らされている。張りを保っている乳房が荒い呼吸をするたびに、大きく上下する。そのたびに左右の乳房がつくる谷間に妖《あや》しい翳《かげ》が生まれる。

迫り上がった乳輪がオレンジ色の明かりを浴びて赤黒い色合いに見える。尖《とが》った乳首が時折、乳房の揺れとは関係なく震える。

（麻子さんの軀に、自分のしるしをつけるんだ……）

胸の奥底から熱い想いが迫り上がってきた。キスマークをつけることが、彼女の心の中でかけがえのない存在として記憶されるように思えた。だからこそ、しるしをつけられそうな部位ならどこでもいいという気にはならなかった。

首筋から脇腹に視線を遣《や》ると、下腹部から太ももにかけてじっくり眺めた。谷間の側の乳房が真っ先に浮かんだが、そんなところではありきたりすぎるような気がした。

（そうだ、太もものつけ根にしよう。ここなら洋服に隠れるし、お風呂に入った時なんかに、若女将も自分で目で確かめられるはずだ）

肉樹《にくみき》がビクンとパンツの中で大きく跳ねた。先端の笠の小さな切れ込みからはすでに、透明な粘液が滲み出ている。縮こまったふぐりの芯がひくつき、そのたびに皮が硬く引き締まる。若女将に脱がしてもらいたいとチラと思ったが、今はしかし、そんな風に甘えている時ではないと諦めた。

大地は素早く白いワイシャツを脱ぎ、下着もいっきにおろした。

「麻子さん、足を開いてください」

瞼《まぶた》を閉じている若女将に囁きかけると、驚いたように目を開いた。

「キスマークをつけるんじゃなかったのかしら」

「はい、そうです」

「よかったわ、それなら。躯を重ねるつもりなのかしらと、てっきりそう思ったの」

「見つけました、いいところを」

「どこ?」

「まだ秘密です」

「足を開かないと、つけられない場所……」

若女将がのけ反りながら呻《うめ》いた。

乳房が張りつめ、谷間が広がった。乳首が小刻みに震えだし、赤みを帯びていた肌が鮮やかな色合いにほんのわずかな間に変わっていった。

広げられた白い足の間に移ると、大地は正座した。

厳粛な気持になる。

呼吸を整え、若女将を見つめる。

縦長の陰毛の茂みが目に入り、集中力が妨げられる。太ももに挟み込むようにしている肉樹の熱気が強まる。粘液に濡れた先端の笠が鈍い輝きを放つ。

前屈みになった。

右の太もものつけ根にくちびるをつけた。わずかに口を開いたまま、舌でそのやわらかい部分を舐めたり弾《はじ》いたりを繰り返した。

キスマークのつけ方は知っている。

島野先生が沼津の私立高校に転職することが決まった時につけたことがある。それだけではない。東京に引っ越しが決まった小泉ゆかりのお母さんにも赤紫色のはっきりとした形のものをつけたことがあった。

大地にとってキスマークをつけることは、その相手の女性との別れを意味していた。いつでも会える情況の時には、そんなことをしようなどと少しも思わなかった。

太ももを吸った。

やわらかい肉が口に入り込む。くちびるをすぼめ、吸いつづける。太もも全体がうねり、膝が何度も小さく跳ねる。金木犀《きんもくせい》の花の匂いに似た甘く生々しい香りが湧き上がる。

上目遣いで若女将の表情を探った。こんもりと盛り上がった陰毛の茂みの先に、円錐の形がわずかに崩れた乳房が垣間《かいま》見えた。そして乳房の谷間の先に、快感に浸っている美しい顔も確かに目に入った。

声をかけたくなったが大地は我慢した。くちびるを離してしまうと、せっかくのキスマークがぼんやりとしたものになってしまうとわかっているからだ。島野先生やお母さんとの経験によって、些細ではあるが大切な知恵を培《つちか》ってきたのだ。

二分近く太ももを吸いつづけた後、大地は顔を離した。

鮮やかなキスマークだった。

一円玉を押し潰したような形をしていた。自分で思い描いていたものよりもいくらか大きい。充血しているそれは、数日後に鮮やかな赤紫色に変色するはずだ。

「わたしに、ううっ、刻んでくれたのね……。見てもいいかしら」

「すごくきれいです。ぼく、麻子さんに確かに刻んだと思いました」

麻子が上体を起こし気味にして、自らの太ももを見遣った。

「素敵……」

指先でキスマークを慈《いつく》しむように撫でた。唾液で濡れた指を口に運ぶと、美味しそうに舌を絡めながら舐めた。

肉樹の芯がカッと熱くなった。それを挟み込んでいる太ももにまで火照《ほて》りが伝わった。

若女将と交わりたい。ひとつになって、今度は肉樹を刻みつけたい。瞬時にそう熱望したが、大地はぐっと堪《こら》えた。

ひとつのキスマークでは物足りなくなった。鮮やかなそれを眺めているうちに、左側にもつけなくてはいけないと思った。

今度は左側の太もものつけ根にくちびるをつけた。同じ大きさのものができるように、くちびるの開き加減に気をつけた。

二分くらい経ったのを見計らって、大地は口を離した。

割れ目を中心にして、ほぼ左右対称にキスマークができた。形の歪み方はもちろんのこと、色合いもほぼ同じになった。出来映えに満足して、じっくりふたつを眺めていると、まるで割れ目を守るために築かれた砦《とりで》のような気がしてならなかった。

意図したわけではないが、彼女の軀に刻みつける痕跡としてはそれが最上の部位と数だったと思った。

割れ目を覆っている厚い肉襞がうねる。白っぽく濁ったうるみが滲み出てくる。オレンジ色の明かりを浴びて、ギラリと鈍い輝きを放つ。

「麻子さんの中に入りたい……」

大地は思わず口走ってしまった。

肉樹を挟み込んでいる太ももを緩めた。大きく一度、跳ねると下腹に当たり湿った音をあげた。

「ああっ、わたしの軀に、君の逞しいおちんちんも刻んでくれるのね」

「そうしたかったんです」

「きて……」

若女将が両手を広げた。それに迎え入れられるように、大地は軀を重ねていった。

弾力に満ちた女体は熱く火照っていた。胸板で押し潰した乳房の中心で硬く尖っている乳首を感じる。呼吸をするたびに、それが乳輪に埋まり、押し返す力も伝わってくる。

腰を浮かし気味にしながら肉樹を操って割れ目を探る。もう二度と成熟したこの軀に触れられないかと思うと、名残惜《なごりお》しさが込み上げてくる。

(おちんちんを入れたい……。でもまだいやだ)

挿入してしまえば、いっきにふたりで昇っていくはずだ。そんな姿が脳裡に浮かんだ。別れたくないという想いも迫り上がった。挿入を我慢すれば別れないで済むというなら、それでもいい。高校二年生は、そんなことさえ受け入れようとしたのだ。

若女将が右手を股間に伸ばしてきた。肉樹を摑み、

「ここにわたしのものがあるの。しっかりと覚えておいてね」

と、囁いた。

幹がつけ根から曲げられる。

先端の笠が割れ目に導かれた。いつの間にか厚い肉襞《にくひだ》がめくれていて、ざっくりと開いた溝が待ち受けていた。

若女将が肉樹を上下に動かす。

溝の底に立ったうるみを搔き出すようにしながら、肉樹を使って自ら快感を引き出す。そうした大胆なことをしているという想いがまた、若女将の高ぶりを煽《あお》る。うるみはいくら搔《か》き出しても溝からなくなることはない。

「さあ、いらして。わたしの軀に君をしっかり残していって」

「ぼくのこと、忘れないでください」

「刻みつけてね」

「ぼく、淋しいです。でも、そんなこと言っちゃだめなんですよね。麻子さんが幸せになってくれることが、ぼくにとってはうれしいとでも言わないといけないんですよね」

「君と出会って、とても幸せだったわ。ありがとう」

「ぼくのほうこそ、感謝しなくちゃいけません。若女将がアルバイトで雇ってくれなかったら、去年の夏、山中湖でのサッカー部の合宿に参加できなかったんですよ」

「ふふっ、そんなこともあったわね」

「京都に行くことがあって、偶然会っても、無視しないでください」

「もちろん、そんなことしないわ。わたしにとって、君は大切な人なのよ」

「よかった……」

大地はうわずった声で応えた。

別れを知らされてからずっと心の中にぽっかりと穴が空いてしまっていたが、それをようやく塞《ふさ》ぐことができた気がした。

肉樹に勢いよく脈動が走った。

満たされた心を表すように、生きる力がみなぎっていた。

「さあ、きて」

先端の笠を割れ目にあてがうと、そこでようやく若女将が指を離した。

視線を絡めてきた。

真摯《しんし》な気持が伝わってきた。

目を見つめているだけで、心の有り様がはっきりわかった。ここまではっきり読みとれたのは初めてだった。それは大地がまた少し、心が豊かに成長した瞬間だった。

いっきに貫《つらぬ》きたかった。

ありったけの欲望をぶつけて、若女将をのたうちまわらせたいと思った。

だが、大地はそうしなかった。

ゆっくりと膨張した笠を挿し入れた。

軀に強い快感を刻むことより、味わわせることで心に自分の存在を刻みたいと考えたのだ。辛《つら》い別れを何度か繰り返すことで、そんな風に思えるようになったのだ。

めくれている厚い肉襞が元に戻り、幹にへばりついてくる。内側の薄い肉襞は幹を包み込んで何度も波打つ。割れ目の奥の細かい襞が、いっせいに奥に引き込むように動く。襞のいくつかは先端の小さな切れ込みに入り込み、刺激を加えてくる。

大地は若女将を見つめた。

いつもならば瞼を閉じている若女将が目を見開いていた。

見られていたが、恥ずかしくなかった。視線を交わし、目で会話していることの悦びのほうが勝っていた。

「もっと強く突いて……」

「このままもう少し、麻子さんを味わっていたいんです」

「いいわよ、それでも。君のやりたい方法でわたしに刻んでね」

「ぼく、不思議なんですが、別れが辛くなくなってきました」

「そう？」

「ほんとに、そう思います」

「どうしたのかしら」

「別れるという気がしなくなったんです。離れたところに移り住むというだけで、ぼくと麻子さんの気持に変わりはないと思ったんです」

「しようがない子ね。そう思ってもいいわよ」

「心配しないでください。麻子さんが再婚することはわかっています。だからこそ、そう思っていたいんです。現実から目を逸《そ》らしたりしませんから、安心してください」

「ありがとう」

若女将の瞳が揺れた。

潤みが厚くなり、目尻に滴《しずく》となって溜まった。

（涙ぐんでいるんだ。ぼくとの別れに涙を流そうとしている……）

不思議な高揚感がみなぎり、それは肉樹に鋭く伝わった。

割れ目の中で力強く跳ねた。

細かい襞を薙《な》ぎ倒し、えぐるような動きになった。

「ああっ、すごい」

「気持がいいです」

「わたしも、とってもいいの。君だからいいのね、きっと」

若女将が伸ばしている足を上げ、腰に絡めてきた。引き寄せるように踵《かかと》を手前に引いた。

互いの陰毛が擦れ合った。しゃりしゃりという湿り気を帯びた音がかすかに響いた。恥骨同士が擦れ合った。敏感な芽に当たり、若女将の息遣いが荒くなった。

「キスして……。山神君、キスして」

うわずった声を洩らすと、顎を上げてくちびるを半開きにした。交わりながらキスを求められるのはあまりなかったから、大地はそれだけで高ぶりが強まった。

くちびるを重ねた。

若女将がすぐさま舌を絡めてきた。そうしながら腰を突き上げ、肉樹を割れ目の最深部に誘ってきた。

乳房が上下に揺れる。硬い乳首が根本からよじれる。下腹がうねる。太ももの筋肉が痙攣《けいれん》を起こしたように何度も細かく震える。

接吻したまま顔を左右に振る。大地の顔も揺れる。若女将の長い髪が乱れ、大地の汗ばんだ頬に張りつく。

（すごい……。麻子さんの軀に取り込まれていくようだ）

大地はブルブルッと身震いした。若女将にそれが伝わったらしく、重ねた口の端からくぐもった呻き声が長く洩れつづけた。

「わたし、ああっ、いきそうよ。山神君、一緒にいって」

くちびるを離すと、若女将が瞼を閉じたまま言い放った。

「一緒にいきます」

「そうよ、ふたりで昇っていくのよ」

「はい、麻子さん」

「君のすべてをぶつけてね。それだけじゃないわ。わたしのすべてを受け止めてね」

「心に刻みつけます」

「ああっ、うれしい」

麻子がのけ反った。

腰に回している足を解くと、畳におろして伸ばした。

全身から放たれる熱気が増した。割れ目の中の細かい襞がいっせいに内側になびきはじめた。外側の厚い肉襞の締めつけがきつくなった。

大地は息を詰めた。

足先を畳の縁にあてがって踏ん張ると、腹筋に力を入れ、同時にふくらはぎや太ももの筋肉を引き絞った。

腰の動きを速くした。

幹の鋭い動きに同調するように、割れ目のすべての襞がうねった。

ふぐりの奥が熱い。

絶頂の兆しだ。

「いきそうです……」

「わたしも、もうすぐ。ああっ、そこまできているわ」

「いきます」

若女将が息を呑んだ。全身が硬直した。ふぐりの奥で熱気が弾けた。割れ目の奥の襞が熱を放った。

ふたりの心の熱気がひとつに溶け合った。

第四章　お母さん、波に呑まれて

カラッと晴れ渡った五月後半の土曜日の午後だ。

大地は軒下《のきした》に置いている自転車に駆け寄ると、急いで道路に出た。

気持が急《せ》いているせいで、どんなにスピードを上げても、もどかしい。

アディダスのウインドブレーカーが風をはらんで膨らむ。風切り音だけが聞こえる。後頭部に陽が当たる。日陰に入ると、そこだけ空気がひんやりして気持がいい――。

小泉ゆかりの家を目指しているのだ。

今しがた、小包が届けられた。自分宛に何かが送られてくることなどなかったから、大地は軽く興奮しながら差出人の欄に目を遣《や》った。

差出人の欄には小泉ゆかりと記されていた。だが、書き慣れた筆跡を見て、大学一年生のゆかりの字ではないと咄嗟《とっさ》に思った。

丁寧に包装紙を開けた。

何が入っているのか早く確かめたかったから包装紙など破りたかったが、そんなことをすると母に怒られると思って踏みとどまった。きれいな包装紙を使い回すことは、山神家にとっては当然のことだったからだ。その多くは、大地の弁当箱の包み紙として使われていた。

小包の中身は、革製のサッカーシューズだった。それはいつだったか、お母さんと雑談をしている時、今ものすごく欲しいのは革製のサッカーシューズかな、「ダイヤモンド・サッカー」っていうサッカー番組を観たことがありますか、たいがいドイツかイギリスのリーグの試合をやっているんです、その番組でサッカー用品のプレゼントしているんですけど、同級生が当たったんです、やわらかい革でしかも軽いんです、と言ったことがあった。それを覚えていてくれたのだ。小泉ゆかりと娘の名前で送ってきたのは、両親に気を遣《つか》ってくれたのだろう。

大地は息を詰めた。サドルからお尻をあげ、ペダルを踏み込む。太ももの筋肉をひき絞《しぼ》り、ペダルに体重をかけると、修善寺の町の中を走り抜けていく。

お母さんが果たして家にいるのかどうか。自転車のハンドルを握った時にそんなことを考えた。

ゴールデンウィークに帰ってきたが、数日滞在しただけで、東京に戻ったことは知っている。修善寺の住所が書かれている小包が届いたからといって、帰宅しているとは限らない。

ゆかりの名前を記したのと同じ類《たぐい》の気遣いなのかもしれなかった。

無駄足になったとしても、どうしても行かなくてはいけないと思った。

いや、そうではない。

お母さんに会って微笑《ほほえ》みを見つめたい、ぬくもりに包まれたい、しっとりとした肌に触れたいという想いに突き動かされたといったほうが正しかった。けれどもそんな風に思うことは、お母さんの軀《からだ》にしか興味がないと自分で認めることでもあるという気がしたから考えないようにしたのだ。

一〇分程度で小泉家の前に着いた。

額《ひたい》から汗が噴き出てきたが、そんなことにはかまわず、ペダルに両足を乗せるとバランスを取りながら背伸びして庭を覗《のぞ》き込んだ。

洗濯物を干していなかった。雨戸も閉まっていて、人のいる気配は感じられなかった。

（やっぱり、いないか……）

がっかりしたが、突き動かされるようにして自転車を走らせ、それを確かめられたことには満足した。大地はようやくため息を長くつき、呼吸を整え、流れる汗を拭った。

その時だ。

雨戸が開いた。

午後の陽が射している外のほうが明るいはずなのに、開きはじめた雨戸の隙間から強烈な光が洩《も》れ出てくるような気がした。

（あっ……、お母さんだ）

喉の奥で鈍い音をあげた。思わず声をあげそうになり、くちびるを噛んで堪《こら》えた。一瞬にして全身から熱気が噴き出すのを感じた。

長い髪を束ね、ポニーテールのようにしている。見られていることに気づくこともなく、黙々と雨戸を滑らせて戸袋に入れている。

（なんてきれいなんだ……）

胸の奥がざわつく。ゴールデンウィークの初日に触れ合った時の熱い想いが迫《せ》り上がる。サドルにまたがった状態にもかかわらず、陰茎の芯が火照《ほて》りはじめる。

視線に気づいたのか、それとも何気なく顔を上げたのか。どちらなのかわからないが、お母さんが道路のほうに顔を向けてきた。

目が合った。

怪訝《けげん》な表情が一瞬、お母さんの顔に滲《にじ》んだ。それから慌てたような顔に変わると、くちびるを噛み締めながら微笑を浮かべた。

こっちにいらっしゃい。

くちびるがそう動いた。声を出してはいなかった。が、大地には確実にそれが伝わった。

自転車を降りると、門の内側の目立たないところに押していった。

気が急いた。

陰茎の火照りが強まる。陰毛の茂みに埋もれているそれにジワジワと力が入っていく。笠を半分程包んでいる皮がめくれる。

玄関の前に立つと、引き戸に手をかける前に、陰茎が垂直になるように直した。それが刺激となり、半勃《はんだ》ちの陰茎がパンツの中で大きく跳ねた。触れ合ったわけでもないのに、陰茎は肉樹《にくみき》に成長を遂げた。

引き戸の曇りガラスにお母さんの姿が透けて見えた。

引き戸が開き、艶《つや》やかな笑みを湛《たた》えたお母さんが迎えてくれた。

「びっくりするわ。ふっと顔を上げたら、君がいるんだもの。山神君、どうしたのかしら」

「小包、今さっき、受け取りました」

「ふふっ、気に入ってもらえた？　そうか、それでわざわざ来てくれたのね。それにしても、わたしが帰っているってよくわかったわね」

「そんなこと、わかりませんでした。とにかく来なくちゃいけないって思って、自転車を走らせてきたんです」

「ゆかりの名前にしていたのに、どうしてわたしが送ったとわかったの？」

「字を見れば、それくらいのことは察しがつきます」

「わざわざ来てくれて、ありがとう。わたしもほんのちょっと前に東京から着いたばかりなの。それでもよかったら、上がって」

玄関の中に入る。入れ替わるようにお母さんが引き戸を閉める。すれ違いざまに、化粧品の甘く生々しい香りがさっと拡がり、全身が包まれる。

（ゴールデンウィークに会った時は、この場所で抱き合ったんだ）

大地は息をひそめた。心臓が高鳴り、息遣いも荒くなっている気がした。あの時と同じことが起きるかもしれないという期待と、そんなことを想像するのはお母さんに対して失礼だという思いがせめぎ合い、口の中がカラカラに渇いた。

モスグリーンのワンピースの裾《すそ》が揺れる。お母さんが上がり框《かまち》に足を乗せる。ラジオをかけているらしく、左側のリビングルームから、キャンディーズの「春一番」が流れている。お母さんにつづいて大地も上がると、男性ディスクジョッキーの「次の曲は山口百恵の横須賀ストーリーです」という声が聞こえてきた。

大地はお母さんが歩き出すのを待った。そのわずかな間に、華奢《きゃしゃ》な肩からストッキングを着けていないふくらはぎまで視線を下ろしていった。

（リビングルームに入るんだろうか。それとも右側の和室か……。二階を目指して目の前の階段を上がるのかな）

廊下に立ち尽くしたまま動かない。どうしたのかなと思って、声をかけようとした時、お母さんが振り返った。

やさしい笑みを浮かべていた。瞳を覆う潤みにさざ波が立ち、キラキラと輝いていた。それは清楚な光を放ちながら、同時に、妖しく淫靡《いんび》さもちらつかせていた。

「うれしい……」

「こんな風に会えるなんて、ぼくもうれしいんです。だけど、ぼく、ちょっと戸惑っています」

「どうしてかしら」

「帰ってくるんだったら、教えてくれればいいのに……。こうして会えたのは偶然でしょ」

「そんな風に思う気持はわかるけど、急に決まったことだったの。それに今日来て、明日の朝にはまた東京に戻るつもりだったの。山神君のことを忘れていたわけではないの」

「仕方なかったんですね」

「機嫌《きげん》直して」

お母さんが微笑を湛えながら両手を広げ、軽く抱きしめてくれた。親愛の気持を表すようなさりげないものだったが、それでも勢いのついている肉樹は鋭く反応した。

ズボンが膨らんだ。幹が硬くなり、ふぐりが縮こまった。パンツの中に熱気がこもり、肉樹の成長がさらにうながされた。

お母さんが手を離そうとした。その気配が伝わり、今度は大地のほうからお母さんの背中に両手を回した。

下腹部が触れ合う。

お母さんのやわらかい下腹に、肉樹が圧迫される。自分の火照りなのか、それともお母さんの熱気かもしれないが、触れ合っている下腹のあたりだけが異様に熱い。

(勃《た》っているってわかっちゃうけど、それでもいい……。お母さんにはすべてを見られているんだ、恥ずかしいところも見せたくない部分も全部、晒《さら》け出しているんだ)

大地は腰を引きそうになるのを堪えた。

お母さんが顔を上げた。

うっとりとした表情だった。瞳を覆ううるみも先程よりも厚く、そして濃くなっていた。さざ波の奥から放たれる輝きもいっそう強くなってきた。

「わたし、夢を見ているみたい」

「ぼくもです。こうしてここにいるのはきっと、お母さんに呼ばれたからです」

「そうかもしれないわね。駅からここまで歩いてくる間、山神君が坂の上から自転車で下ってこないかなって想像していたのよ」

「お母さん……」

腕の中の華奢な軀が痙攣《けいれん》を起こしたようにビクッと震えた。ワンピースの胸元から垣間見《かいまみ》える乳房のすそ野がわずかに波立った。

美しい顔が上がった。

くちびるが半開きになった。

（接吻してもいいというサインだ）

赤みの濃いピンクの口紅が唾液で濡れている。それが玄関の引き戸の曇りガラスを通して射し込むやわらかい光を浴びて艶やかに輝く。

瞼を閉じる。

長い睫《まつげ》毛が小刻みに震える。瞼に浮かぶ瞳の輪郭が揺れる。湿った息が吹きかかり、甘さの濃い生々しい香りに包まれていく。

大地は腹筋に力を込め、踏ん張った。

肉樹が鋭く成長し、パンツのウエストのゴムの下から先端の笠が這い出てくる。

くちびるを重ねた。

胸板に触れている乳房がブルブルッと揺れた。ううっと喉の奥で濁った音があがった。キスをしながらのけ反《ぞ》る。同時に肉樹への圧迫が強まる。乳房のすそ野がさっと赤みを帯びる。湿った鼻息が頬から顎に当たって流れる。

「ああっ、素敵。君とこうしたいって、ずっとずっと思っていたの」

くちびるを離すと、お母さんが舌を差し出し、口の周りを味わうように舐めた。表情は穏やかだが、頬から首筋にかけての赤みがほんのわずかな間にも増していて、高ぶりが全身を巡っているのだとわかった。

「うれしい、です。ゴールデンウィークに会った時、もうこれで会えないかもしれないという気がしたから……」

「どうして？　わたし、何か気になることでも言ったかしら」

「ううん、何も」

「気の回し過ぎよ、ふふっ。君に会いたくなったら、いつだって会いに来るつもりでいるくらいなのよ」

「でも、今日は連絡をくれなかったんですね」

「またそんなこと言う……。拗《す》ねている顔も、ふふっ、可愛いわ」

お母さんが軽く頰にくちびるをつけてきた。くちびるのやわらかい感触が心地よくて、それが肉樹の膨脹に直結した。幹を包む皮が張りつめ、血管や節が浮き上がるのを感じた。

背中に回した手を少しずつ下げていく。お尻に辿り着くと、両手で軽く揉んだ。ワンピースの布地越しに、小さなパンティの感触を味わう。左側のレースがわずかによじれているのが伝わり、それが妙に生々しくて、肉樹の芯に速い脈動が駆け上がった。

「お母さん、ぼく、どうしたらいいんですか」

「どうって？」

「帰りたくありません」

「わたしだって、君のこと、帰したくないわ」

「よかった……」

「二階に行きましょ」

お母さんからの申し出に、大地は胸がキュッと引き締まるのを感じた。全身を巡っている欲望が胸に集まり、燃えるように熱くなった。

二階といったら、階段を上がってすぐ右のゆかりの部屋か、左奥の夫婦の寝室のどちらかだ。もうひとつ、左手前にも部屋はあるけれど、それは納戸《なんど》として使われている空間だ。

（夫婦の部屋に行くのか……）

腹の底がブルブルと震えた。性欲がそれを引き起こしたというより、武者震いのような感じがしてならない。大人の世界、いや、夫婦の世界に立ち入る気がした。

お母さんが右手を伸ばし、腰にあてがってきた。大地もそれに倣《なら》って、左手をふっくらとしたお尻の上のあたりに伸ばした。

階段を上がる。

足が動くたびに、お尻の筋肉がゆらゆらと動く。ストッキングとワンピースの裏地が擦れ合う。胸元からブラジャーのレースの縁がわずかに垣間見える。赤みを帯びた肌に翳《かげ》が宿っていて、妖《あや》しい色合いになっている。

階段を上がりきった。

ゆかりの部屋のドアを開ける気配はない。そのままゆっくりとした足取りで夫婦の寝室に向かう。

喉がヒリヒリしてきた。

ゆかりとその部屋をこっそり使った時よりも刺激が強くて、息をするのも苦しい。

ドアの前に立った。

お母さんが半身になった。

視線が絡《から》む。

潤みに覆われた瞳が小刻みに動く。ためらっているのか、高ぶりがそうさせているのか。大地にはどちらかわからない。

「さあ、いらっしゃい」

ぎこちなくお母さんが言うと、ドアノブに手をかけた。大地の目には、部屋の中央に据えられたダブルベッドが浮かび上がっているように見えた。

夫婦の寝室は薄闇に包まれている。

閉めきっている雨戸の隙間から、午後の細い光が微かに射し込んでいる。そのおかげでダブルベッドが浮き上がっているように見える。

お母さんがベッドに向かう。

ワンピースの裾が小さく跳ねる。そのたびに部屋が明るくなる気がした。ふくらはぎやふっくらとしたお尻、ウエストのくびれが際立った。見えるはずがないのに、パンティのゴムのラインだけでなく、その形までくっきりと目に入ってきた。

肉樹《にくみき》の皮が痛いくらい張りつめた。歩くたびにそれがひきつれ、鋭い快感となって腹の底を揺さぶってきたのだ。

「いらっしゃい、ここに」

ベッドに腰をおろしたお母さんが、妖しげな微笑を湛《たた》えた。ポニーテールのように束ねている長い髪を解くと、左右に軽く頭を振って長い髪を整えた。

甘く生々しい匂いが部屋にさっと拡がった。頭の芯が痺《しび》れる。ふぐりの奥が熱くなる。息をするたびに肉樹が成長していく気がする。パンツのウエストのゴムの下から這《は》い出た肉樹の先端が擦られる。生地が湿り気を帯びていくのを感じる。それで笠の小さな切れ込みから透明な粘液が滲み出ているのがわかる。

（何もしていないのに、いっちゃいそうだ……）

慎重にベッドの端に坐った。

お母さんがすぐさま、背中に手を回してきた。ウインドブレーカーがサラサラと乾いた音をあげる。てのひらでやさしく撫でられる。うなじのあたりにくると、そこに性感帯があることを承知しているかのように、指先を立てて粘っこく撫でつけてくる。

大地は太ももに両手をつけたままじっとしていた。

うなじのあたりにも確かに性感帯があった。

性感が全身を巡るたびに、ふぐりの肉塊と幹が太ももの間でくっつき、擦《こす》れ合いながらひくつく。息をひそめていないと、ほんの少しの刺激を加えられただけで白い樹液を放ってしまいそうな気がしてならない。

「どうしたのかしら、山神君。緊張しているの？」

「はい、ちょっと」

「おかしいわねえ。自転車を降りた時には勢い込んでいて、まるきり緊張なんかしているように見えなかったわ」

「だって、東京にいると思っていたお母さんがいたからです。それにすごく、素敵だし……」

「いつからそんなにお世辞が上手になったのかしら」

「そんなこと、ありません」

大地は強い調子で言うと、お母さんのほうに顔を向けた。

その時だ。

お母さんがいきなり、顔を寄せてきた。

笑みは消えていなかった。頬の赤みが一瞬にして濃くなった。

ふたりのくちびるの間隔が五センチ程になると、口を半開きにした。唾液に濡れた白い歯が艶《つや》やかに輝いた。舌がうねり、厚い下くちびるがブルブルッと震えた。

（夫婦のベッドで、お母さんと接吻するんだ……）

頭がクラクラとした。肉樹がビクンと大きく跳ねた。先端の笠がパンツの生地に擦られた。お尻に近いふぐりが火照《ほて》り、それが全身に拡がっていくような気がした。

やわらかくてふっくらとしているくちびるに触れられると思った。

が、同時に夫婦のベッドで接吻することに抵抗を感じた。意識しないようにしたが、心のざらつきはすぐさま増幅していった。

大地は腰をずらした。

お尻がベッドから滑り落ちた。いや、意図的にベッドから落ちたのだ。キスから逃れようとしたのではない。咄嗟《とっさ》に夫婦のベッドから離れようと思ったのだ。

お母さんが驚いたような表情を浮かべた。顔に滲み出ていた妖しさがすっと薄らいだ。

「ふふっ、怖くなったのかしら」

「お母さん、ぼく、床《ゆか》でしたい」

「どうして？」

「だって……」

「だめよ、途中で言うのを止めたら。はっきり言いなさい」

「あの……」

「このベッドで触れ合ってはいけないって思ったんです」

「ほら」

「えっ？」

「なんとなく、ここでいいのかなっていう気持になったんです」

「そうね……」

短く応えたお母さんが、ベッドから降りてきた。薄闇に慣れてきたおかげで、お母さんの表情をはっきり読みとれる。互いに向かい合う。お母さんの半開きのくちびるにはまだ、妖しい色合いは残っている。

「気にするのは当たり前よね。でも、そういうことは高校生の君が考えることではないの」

「そうでしょうか」

「いつだったか、ほら、君とふたりでつながったままこの家の階段を上がったことがあったでしょ？」

「はい、よく覚えています」

「あの時、わたし、母親として妻としての役割だけに自分を押し込めないと誓ったの。自分を解放したのよ、女として生きるつもりでね」

「そのことも忘れていません」

「よかった……。だから本当のことを言うと、このベッドは今、わたしと山神君のためにあると考えてもらいたいくらいなの。でも、無理ならいいの」

お母さんがふっと微笑《ほほえ》んだ。

雨戸から洩れ入ってくる光を映し込んだお母さんの瞳がキラキラと輝く。潤みが厚く濃くなっていく。まばたきするたびに輝きが消え、すぐにまた強い光を放つ。

（お母さんは、ひとりの女として生きたいんだ。そのための勇気や自信みたいなものを失いかけているんだ、きっと……）

胸の奥底にそんな思いがよぎった。お母さんの潤んだ瞳を覗き込んでいるうちに、その思いが間違いではない気がした。

愛しさが迫《せ》り上がる。

小泉ゆかりのお母さんだという意識が薄らぐ。年上だという感じもしなくなる。心が弱っているひとりの女性が気丈《きじょう》に振る舞っている様に映る。

愛しさとともに、お母さんへの熱い想いが全身に拡がる。息をするのが苦しいくらいだ。

お母さんの背中に左手を回した。

きつく抱きしめた。

乳房を押し潰す。ワンピースの胸元に乳房のすそ野が盛り上がっているのが目に入る。つられるように、谷間の位置も上がる。そこに宿った淫靡《いんび》な翳《かげ》が、呼吸をするたびに拡がったり狭《せば》まったりを繰り返す。

「お母さん、些細なことを気にしちゃって、ごめんなさい。ぼく、いつだって味方です」

「ああっ、うれしい」

「ううん、いいの。君のそういう気持、とっても素敵よ」

お母さんが微笑んだ。

半開きの口が近づいてきた。大地も同時に顔を寄せていった。

くちびるが重なった。

すぐに舌を絡めた。

舌先が熱気をはらんでいた。唾液が熱かった。甘く生々しい香りに満ちていた。女の強い思いがこもっている舌の動きに思えた。

揃えている膝が割れる。ワンピースの裾がめくれる。ストッキングに包まれた太ももが剝《む》き出しになる。

唾液を送り込みながら、同時に、太ももに触れた。

お母さんが甘えたような掠《かす》れた鼻息を洩らした。ワンピースの生地越しながら、背中が汗ばんでいるのがわかった。長い髪が揺れ、重ねているふたりの口に入り込んだ。いつもならば鬱陶《うっとう》しいと思えるそれさえ、愛しく思えてならなかった。

太ももを撫でる。張りを保ちながらもやわらかみのあるそれは湿り気を帯びている。目の細かいストッキングのせいかどうかわからないが、ぬくもりが指先に直接、伝わってくる気がしてならない。

（このまま床に押し倒したほうがいいんだろうか。それともベッドに戻ったほうがいいのかな……）

床に倒れ込んだとしたら、まだわだかまりを抱いていると思われるかもしれないし、かといって、これだけ高ぶった情況で今さらベッドに戻るのもわざとらしい気がしたのだ。

大地は迷った。そのせいで、太ももを撫でている手が止まった。

その隙をつくように、お母さんが股間に手を伸ばしてきた。

ズボンの上から肉樹に触れる。窮屈な状態にもかかわらず垂直方向に立ち上がっているそれを、ズボンを押しながら浮き彫りにする。幹の両端を摘んで押し込む。硬さを確かめているようにも、快感を引き出そうとしているようにも思える愛撫をつづける。

「あん、すごく元気」

「ぼくの目の前にいる女性が、魅力的だからです」

「あん、無理してそんな言い方しなくてもいいのよ。でも、ありがとう。わたしの気持、わかってくれたのね」

「痛いくらい、胸に響きました」

肉樹を摘んでいる指に力がこめられた。肉の痛みとともに快感が生まれ、大地は思わず上体をよじった。

その拍子にバランスを崩し、仰向《あおむ》けに倒れた。

肉樹を摘んでいる手が離れることはなかった。咄嗟に腹筋に力を込めたために、肉樹が跳ね、ズボンにその形がはっきりと浮き上がった。

仰向けになったまま、大地は動かなかった。お母さんの右の指が素早くファスナーにかかり、ズボンの中に潜り込んできたからだ。

右手で肉樹を揉みながら、左手がベルトとボタンを外した。息遣いが荒くなっていたが、指の動きのひとつひとつは的確だった。

ズボンを脱がされるまでにさほど時間はかからなかった。

「ああっ、熱い……」

肉樹を両手で包み込むと、お母さんが呻き声を洩らした。

大人の女性の艶やかな声に薄闇が震えた気がして、大地は下腹がよじれるようにうねるのを感じた。肉樹にそれが伝わり、パンツを通して、お母さんの両手にも響くのがわかった。

お母さんが両方のてのひらで肉樹を捧げるようにして包み込んだまま、屈《かが》み込んできた。

くちびるが近づいた。

長い髪が揺れ、太もものつけ根がくすぐられる。息が吹きかかる。唾液を呑み込む濁った音が空気を震わせる。てのひらの火照りや湿り気を、肉樹がはっきりと感じ取る。

半開きのくちびるが触れた。

舌がうねった。

パンツがすぐに唾液で濡れた。幹の裏側で迫り上がっている嶺に沿って舌が滑った。ウエストのゴムの下から這い出ている笠がひときわ膨らんだ。

笠の裏側の敏感な筋をすっと舐められた。腹の底がブルブルッと震えた。幹がさらに成長し、笠全体がゴムの下から姿を現した。

「ゴールデンウィークに触れた時よりも、ああっ、山神君のおちんちん、大きくなっているみたい」

「そんなこと、ありません」

「ずっとこれが欲しかった……。君の逞しいものに触れたかったの」

「ぼくも、お母さんに触って欲しいって思ってました」

「よかった、会えて」

「お母さんがサッカーシューズを送ってくれたおかげです」

「ううん、それだけじゃないはず。きっと逢うことが決まっていたのよ」

大地は黙ってうなずいた。

お母さんの言ったことに異を唱える気などなかった。が、内心では、お母さんのような成熟した女性でも、夢見る少女みたいなことを言うのかと驚いていた。

（お母さんは大人だけど、心はとっても純粋なんだ。そうだ、そうなんだ。だからこそ、信頼できるし、心を晒け出すこともできるんだ……）

高ぶった心がじわりと熱くなった。肉樹がさらに熱をはらんだ。唾液がパンツを通して伝わってきて、快感を増幅した。

お母さんの舌先が硬く尖った。

顔をわずかに横に向けると、舌先でウエストのゴムを引っかけた。

パンツが押し下げられる。

薙《な》ぎ倒されていた陰毛の茂みがさっと立ち上がる。肉樹のつけ根で縮こまっているふぐりが、わずかに位置を下げる。そこにまばらに生えた陰毛が跳ね、お母さんの顎を掠める。

息を詰めるたびに、下腹に沿っている肉樹の芯に強い脈動が駆け上がる。快感と満足感が混じり合い、熱くなった胸に拡がっていく。

肉樹が垂直に立てられた。

半開きのお母さんの口の幅と膨らんだ笠の横幅が同じくらいに見えた。

雨戸から洩れ入ってくる光が先端の笠に当たった。

細い切れ込みから滲み出ている透明な粘液が午後の光を浴びた。充血した笠の色合いを映し込みながら淫《みだ》らな輝きを放った。

「わたしのために、こんなに大きくなっているのね」

「そうです、お母さんがこんなにしてくれたんです」

「もっと逞しくしてあげたい。もっと君を大人にしてあげたい」

「ぼく、もう大人です」

「ああっ、そうだったわね。心も軀も立派な大人だったわね」

うわずった声でお母さんが言った。髪を梳き上げると、くちびるを尖らせながら先端の笠に触れてきた。

くちびるをゆっくりと動かす。

快感を引き出そうとしているというより、透明な粘液を笠全体に塗り込もうとしているようだった。まんべんなく塗り込むだけの量がないとわかると、舌を差し出し、笠の細い切れ込み目がけて唾液を垂らした。

無心で舌を動かす。

頬が赤黒く染まる。舌の火照りが伝わる。瞼を閉じた表情に妖しさが色濃く漂う。お母さんの欲望の深さがあぶり出されている気がして、大地は腹の底がキュッと縮まるのを感じた。

肉樹の硬さが増した。

幹を覆う皮が張りつめ、血管や節が浮き上がった。笠の裏側の敏感な筋が際立ち、切れてしまいそうになるくらいに激しく震えた。

笠全体をくわえられた。

くちびるで締めつけてきた。同時に、幹のつけ根を指で摘み上げてきた。さらにもう一方の空いている手を使い、ふぐりを持ち上げるようにしながら撫でてきた。

（お母さんの手がいくつもあるみたいだ……）

うっとりしながら、大地は肉樹に意識を集中させた。

くちびるの微妙なうねりを感じた。舌の震えとともに熱気もはっきり伝わってきた。無心になって舌と口を使うお母さんの心に、寄り添っているような気がした。

お母さんが屈《かが》み込んだまま、荒い息をしている。ワンピースの裾がめくれているのに気にする気配はない。

「ああっ、おいしい」

うっとりとした濁った囁き声を洩《も》らすと、肉樹《にくみき》からくちびるを離した。乱れた髪を指先で梳《す》き上げ、耳にひっかけるようにして留めた。そうしている間も、もう一方の指を使って幹を包む皮をしごきつづける。

ふぐりの奥がざわつきはじめ、大地は慌てて息を詰めた。

（まずい……）

そのざわつきが絶頂に向かう兆しになることをこれまでの数々の経験でわかっていた。だからこそ、兆しとなる前に食い止めようと思ったのだ。

腹筋の瘤《こぶ》がいくつも現れる。

溝の深いところの翳《かげ》は濃い。下腹に力を込めるたびに、肉樹が跳ねる。お母さんがそれを逃すまいとして強く握り直す。

「あん、素敵よ、山神君」

「すごく気持がいいからです。お母さんのしてくれることって、軀の奥まで響いてきて、体中が痺《しび》れるくらいの気持よさがあるんです」

「そうかしら？　まるで誰かほかの女性にくわえてもらって、それと比べているみたいね」

「そんなことありません」

「いいのよ、君を束縛するつもりはないの。素敵な女の子とつきあいなさい。でもね、わたしのこと、絶対に忘れちゃいやよ」

「ぼくの気持のいいところを隅々までわかっているのは、お母さんだけなんです」

大地はもう一度、腹筋に力を入れた。ざわつきを抑えるためではなく、今度は自分がいかに興奮しているのかをお母さんに伝えたかったからだ。

肉樹が大きく跳ねた。

雨戸を閉め切った薄闇の中でもはっきり、肉樹の赤みが濃くなっているのがわかる。薄闇に目が慣れたということに加え、雨戸の隙間から洩れ入ってくる明かりが強くなっているからだ。

（太陽が動いているんだな……）

大地はふっと、太陽が一時間に一五度の割合で動いていることを中学の時に教わったことを思い出し、確かにそれは動いていると実感した。

高ぶりをそうやって逸《そ》らすことでようやく、ふぐりの奥のざわつきがおさまってきた。もちろん、肉樹が萎《な》えることはないし、高ぶりが鎮まることもない。

お母さんと目が合った。

瞳を覆う潤みが波立ち、溢《あふ》れたそれが目尻に溜まっている。まばたきするたびに滴となったそれが震え、こぼれ落ちそうになっている。

（このままベッドに移らず、床にいたほうがいいんだろうか……）

大地はチラとすぐ横にある夫婦のベッドに目を遣《や》った。

閉めきった雨戸の隙間から洩れ入ってくる光が掛け布団に当たり、真っ白なシーツの端がぼうっと妖しく浮き上がって見える。

ひんやりとしていた床がいつの間にか、背中の汗のせいで湿り気をはらみ、ヌルヌルしていた。

視線を戻すと、ワンピースの裾をずり上げたお母さんの太ももが目に入ってきた。

ストッキングを着けていないそれが赤黒く染まっていた。ふたりを包み込むようにして漂っていた甘く生々しい匂いが肉樹にべたりと張りつくような気がした。

正座する恰好でわずかにお尻をあげて屈み込んでいるお母さんの股間に手を伸ばした。

生温かいもわりとした湿った空気がワンピースの中にこもっていた。裾が揺れ、陰部を源とする生々しい匂いがさらに拡がった。

太ももの内側を撫で上げる。

やわらかみに満ちている。肌理《きめ》が細かい肌は湿り気を帯びていてしっとりした感触だ。滑らかで、どこにもひっかかるところはない。

陰部と太もものつけ根の境界のあたりに辿《たど》り着いた。

お母さんのお尻がブルブルッと大きく震える。肉樹を包み込んでいる指に力がこもる。瞼を閉じたまま顔を小さく左右に振る。長い髪が乱れ、垂直に立てた肉樹を掠《かす》める。

陰毛の茂みを押し潰すようにパンティに触れた。聞こえるはずがないのに、ジャリジャリという陰毛同士が擦れ合う音が耳にかすかに届いた気がして、膨脹している肉樹の芯に強い脈動が駆け上がった。

「とっても元気……。したくなったんじゃないかしら」

「ぼく、我慢できません」

「わたしも、同じよ。君が欲しいの、すごく欲しいの。わかるでしょ？　触っているんだから、わたしがどうなっているか、君にわかるでしょ？」

「はい、お母さん」

大地は自分の声がうわずっていることに気づき、高ぶりが増幅していくのを感じた。

指先を割れ目に向かわせた。

パンティは湿っているという程度ではなかった。

(よかった、ぐっしょり濡れている)

触れ合っているだけでこれだけ濡れていることに、大地は欲望が煽《あお》られるだけでなく、満足感や自信めいたものが胸の裡《うち》に拡がるのを感じた。

割れ目を覆っている厚い肉襞《にくひだ》がめくれている。それをはっきりと指先で感じ取れる。数本の陰毛がパンティからはみ出ていて、お母さんが荒い息をするたびにチロチロと動き、指先をくすぐっているのもわかる。

「ほんとにすごく濡れています」

「あん、意地悪」

「パンティから滲み出しています」

「触らなくたって、そんなこと、君ならわかるでしょ」

「思い描いていたより、ずっと濡れ方が激しかったです」

「君がすごく逞しいからよ」

お母さんが上体を起こし、ふうっと湿った長い息を吐き出した。

目尻には滴となった潤みが湛《たた》えられている。瞼にもうっすらと汗が滲んでいて、アイシャドウが艶やかに輝く。

ブラジャーに包まれた乳房が大きく波打っているのがワンピース越しに見て取れる。ざっくりと開いた胸元から、赤みの濃くなった肌に汗が浮かんでいるのが目につく。乳房のすそ野に小刻みにさざ波が立ち、それにつられるようにワンピースのずり上がった裾が小さくはためく。

（お母さんとひとつになりたい……）

大地は痛切にそう思った。

交わりがもたらしてくれる快感をせがむように、やわらかいてのひらの中で肉樹がピクピクと跳ねた。

（どこでもいいんだ。場所にこだわるのはおかしかった。ようやく、わかった）

大地は、ひと呼吸をおいた後、お母さんと向き合うために起き上がった。

（割れ目に挿《さ》したい……）

欲望とお母さんへの愛しさが膨れ上がっている。そのふたつはほんのわずかな間に、溶け合い、熱い想いとなって胸の奥底から迫り上がった。

大地は勢いよく立ち上がった。

お母さんの手首を摑むと、黙ったまま起き上がるようにうながした。

「どうするつもり？」

「ここでしたいんです、お母さんと」

「ベッドで？　それとも立ったままでなのかしら」

「その両方です」

「えっ……」

お母さんが意外そうな表情を浮かべた。

だがそれはほんの一瞬で、すぐに口元に笑みを湛えた。その笑みが、すべてを受け入れてくれるつもりでいるという意思表示に思え、大地は下腹がブルンと痙攣《けいれん》を起こしたように震えるのを感じた。

お母さんの背中に回り込んだ。

素早くホックを外した。

ワンピースを肩口から脱がした。

薄いピンクのブラジャーだった。脇腹のあたりにわずかではあるがブラジャーが食い込み、肉が盛り上がっている。成熟しきった大人の女性の秘密を垣間《かいま》見た気がして、ヒリヒリするように肉樹が膨脹した。パンティのほうは濃いベージュで、レースをふんだんにあしらっていた。

ブラジャーのホックを両手で外す。

ストラップが緩んだところですかさず、脇腹のほうからてのひらをブラジャーの中に滑り込ませる。

乳房の下辺をゆっくり揉み上げる。

ゴールデンウィークに触れた時よりも、心なしかやわらかみが増しているようだった。そう思うと、乳房全体の豊かさやてのひらで感じる重みも増しているような気になった。

肉樹が鋭く反応する。

垂直に屹立《きつりつ》した幹に勢いよく脈動が駆け抜ける。下腹に当たって湿った音があがる。ふぐりがキュッと縮み、肉塊がつけ根にへばりつく。胸の奥からこみあげた熱い想いが陰部にも確かに伝わっていく。

大地は腰を突き出した。

幹の裏側で膨らんでいる嶺を、お尻のふたつの丘がつくる谷間にあてがった。パンティの生地のざらつきを、嶺ではっきり感じ取った。

「そんなことされると、ああっ、わたし、どうにかなっちゃいそう」

「ぼくもそうです」

「ここでしたいのね」

「別の場所でもいいです。こだわることはやめました」

「夫婦の寝室だということを気にしていたんじゃなかったの？」

「最初はそうでした。でも、今は違います。お母さんが欲しいという気持のほうを大切にしたいんです」

「うれしい」

「それにぼくは、『ひとりの女として生きていきたい』って言ったお母さんの言葉を忘れていません。この場所にこだわるのは、その言葉に反すると思ったんです」

「ああっ……」

お母さんのふっくらとしたお尻がキュッと引き締まった。なだらかな丘がつくる谷が幹を挟み込み、圧迫を加えた。パンティの生地が笠の裏側の敏感な筋を擦りつけた。

「ベッドに両手を着けてください」

華奢《きゃしゃ》な肩にくちびるをつけながら囁くと、お母さんが素直に従った。

躯をくの字に折る。

腕にとどまっていたブラジャーのストラップがベッドに落ちていく。雨戸から洩れ入ってくる光がブラジャーの裏側の生地を照らし出す。女性の生々しい部分が晒《さら》け出された気がして、欲望が熱くたぎった。

大地は腰を引いた。

半歩下がり、お母さんの姿を真後ろから見下ろした。

（すごい恰好だ……）

パンティを穿いているが、お尻がつくる谷間がくっきりと浮き上がっている。ほんの今しがたまでそこに肉樹をあてがっていたこともあって、パンティが谷底にくっついていた。

本来ならば股ぐりの部分は左右対称になっているはずだが、右側が大きくずり上がっていた。それだけでも十分、高校二年生の性欲を煽《あお》ることができたが、さらにゴムの痕《あと》が太ももにうっすら残っていた。足を動かすたびにその痕も微妙に形を変えた。

大地は片膝を床につけると、パンティのウエストのゴムに指をかけた。

ふっくらとした腰を剝き出しにしていく。お尻がつくる谷間の端が見えはじめる。しっとりとした肌があらわになり、太ももについていたゴムの痕がはっきり見えてくる。

お母さんの息遣いがさらに荒くなった。

左右の太ももについているパンティのゴムの痕のうねり方が大きくなった。背中が波打つたびに、背骨の凹《へこ》みに生まれた淫靡《いんび》な翳《かげ》が濃さを増す。

「逞しいもので思い切り、挿してちょうだい」

「はい、お母さん」

「うれしいわ……、わたし。女として認めてくれて」

お母さんが喉の奥から絞り出すような低い声を響かせた。背中全体が赤黒く染まった。

大地は屹立《きつりつ》している肉樹のつけ根を握り、水平に曲げた。腰を落とし気味にしながら、割れ目の中央を目指して笠をあてがった。

ぬるりとした感触に包まれた。

唾液とは違う。

肉襞から滲み出たうるみが膜のように笠全体を覆ってきた。数本の陰毛が幹を撫でる。うるみに熱気がこもっていて、お母さんの高ぶりが強まる程にそれの熱気も高くなる。

「さあ、きて」

「はい」

「焦《じ》らさないで……。いっきにわたしを貫いて」

「いいんですか」

「気にしないで。乱暴だと思うくらい、君にして欲しいの」

大地は黙ってうなずいた。

先端の笠が膨脹した。すでにめくれている厚い肉襞が絡《から》みついてきた。割れ目の奥に引き込もうとしているらしく、肉襞が笠にへばりつきながら元に戻ろうとしている。

膝をわずかに曲げ、お母さんのくびれたウエストを両手で摑んだ。

（お母さんとひとつになれる……）

感激と興奮が混じり合い、下腹が勝手にブルブルッと震えた。それがお母さんにも伝わり、ふっくらとしたお尻の肉が小刻みに揺れた。

腹筋に力を入れながら、大地は思い切り腰を突き出した。

肉樹を挿し込んだ。

割れ目のもっとも外側の肉襞がひくつく。奥の細かい襞からうるみがいっきに噴き出す。

それが潤滑剤の役割をしながら、滑るようにして最深部に向かっていく。

「くうっ」

ベッドに両手をついたまま、お母さんが呻《うめ》き声を洩らした。それはもちろん耳から入ってきた声だが、肉樹に直《じか》に伝わってきている気がした。まるで割れ目の奥から響いてくる声に思えてならなかった。

（すごく気持がいい……）

お母さんのお尻に自分の陰毛の茂みを擦りつけながら、大地はうっとりとしていた。

幹のつけ根が締めつけられる。腰を引くと、張りつめた皮が笠のほうに戻っていく。指でしごいてもらうよりも数倍、快感が強い。しかも同時に、先端の細い切れ込みも細かい襞に撫でられるのだ。

ふぐりの奥がざわつきはじめる。

絶頂に向かう兆しが生まれそうだ。

肉樹を挿し込んでからまだ、一分も経っていないはずだった。熱気が下腹全体に拡がっていく。それがわかっていたからこそ、快感に漂いながらも、大地は白い樹液を放つわけにはいかないと自分を厳しく律した。

（まだだめだ……。ぼくは長い時間、お母さんとひとつになっていたい）

腹筋に意識を集中しながら胸の裡で叫んだ。しかし、そんなことで兆しを抑えることはできなかった。お母さんも敏感にそれを察した。

「いいのよ、いって」

「だめです、まだ。お母さんがもっと気持よくなってくれないと、ぼく、満足できません」

「うれしい……。でも、我慢して欲しくもないの。ああっ、わたし、どうしたらいいの」

お母さんが背中を反《そ》らした。淫靡な翳が背中全体に拡がった。

ベッドに両手をついたまま、お母さんがうわずった声をかけてきた。

「いいのよ、いっても」

そう言い終わった途端、荒い息を詰め、ううっ、と背中を波打たせながら低く唸《うな》るような呻《うめ》き声をあげた。

髪が乱れるのもかまわず、顔を何度も左右に振る。背骨の凹みに沿って宿る翳《かげ》が揺れる。背中に浮き上がった汗に長い髪がへばりつく。

お尻がつくるふたつの白い丘を染める朱色が濃くなっている。大地の下腹部がそこに当たると、クチャックチャッという粘っこい音が雨戸の閉まった夫婦の寝室に響く。

お母さんの腰が時折、激しく動く。そのたびに、割れ目に挿《さ》している肉樹《にくみき》がつけ根からよじれる。幹の芯が硬くなっているだけに、痛みと快感が同時に迫《せ》り上がる。笠の裏側の敏感な筋が引っ張られ、膨張した笠が歪《ゆが》む。肉襞《にくひだ》がうねりながら、先端の細い切れ込みを撫でていく。

「ううっ……」

大地は思わず喉を鳴らした。

ふぐりの奥の火照《ほて》りが強まっていくのがわかり、くちびるを嚙み締めた。そうやって全身に拡がる快感から意識を逸らそうと努める。新たな快感が訪れても、射精につながるきっかけになるのを防いでいるのだ。

（どうしよう……。お母さんをいかせていないのに、自分だけ先にいっちゃいそうだ）

そんなことをしても、絶頂の兆しはおさまらなかった。大地は仕方なく、腰を引いて肉樹を抜いた。

お母さんが豊かな乳房を押しつけるようにしてベッドに上体をあずけた。

脇のほうからはみ出した乳房が垣間見える。荒い息遣いとともに、それは細かく震えながら揺れる。

「あん、だめ。どうして……」

「いっちゃいそうだったんです」

「いいのよ、わたしに遠慮しなくても。いって、思い切りいっていいの」

「ぼく、お母さんと一緒に気持よくなりたいんです」

「うれしいけど、わたし、山神君に我慢なんかして欲しくないの」

「お母さんはまだ、だめなんですか」

「そんなことないわ。もうすぐよ。もう少しだけ、気持よくさせてもらえれば、わたし、いけそう」

「ぼくはもう、爆《は》ぜそうです」

「ああっ、やっぱり、いい子だから、あとちょっと、我慢して、いいでしょ」

お母さんが振り向いた。

瞳を覆う潤みの奥から、妖しさを帯びた強い光が放たれた。目尻に潤みが溜まっていて小刻みに震えた。

上体を起こし、向かい合った。

深く息をするたびに、豊かな乳房が大きく上下に動く。すそ野にいくつも細い皺《しわ》が浮き上がり、汗が集まり、艶《つや》やかな輝きを生み出す。

お母さんが屈み込み、四つん這《ば》いになった。

陰毛の茂みを縦断しながら屹立《きつりつ》している肉樹に顔を近づけてきた。長い髪が垂れ、整った美しい顔が隠れる。

(こんなに興奮している時にくわえられたら、いっちゃうよう……)

肉樹にお母さんのくちびると舌がつけられるのを待ち受けた。新たな快感が絶頂につながることを事前に防ごうと思い、腹筋に力を入れた。

ふうっ、というため息に似た息遣いとともに、肉樹がひんやりとした空気に包まれた。くわえてくれるのかと思ったが、そうではなかった。火照った肉樹を冷まそうとしてくれているのだ。

先端の笠に息を吹きかけると、つけ根に向かい、陰毛の茂みにまで広げていった。湿った息にならないように、息を細くしていた。そうしたお母さんのちょっとした心遣いを感じて、うれしさとともに愛しさも込み上げ、なおのこと、ひとりで勝手に昇っていくわけにはいかないと思った。

「いい子だから、熱を冷まして、ねっ、君は我慢強い、いい子だから」

湧き上がるように細い囁き声が聞こえてくる。お母さんの表情は見えない。視界に入るのは、くびれたウエストや張りのある腰やお尻だけだ。

（あっ……）

大地は胸に向かって叫んだ。

目に映ったのは、それだけではなかった。

お母さんの細い右手が陰部に向かっていた。気をつけて見ていると、右手が小刻みに震えたり、ゆったり動いたりしていた。肉樹に吹きつける息のリズムが変わる時に限って、腕の動きが止まることにも気づいた。

（自分でいじくっているんだ……。昇りつめる寸前まで、自分で高ぶらせようとしているに違いない）

お母さんの心に潜む、女の業のようなものを垣間見た気がした。

いやらしいとは感じなかった。

むしろ、女の心を晒《さら》け出しているお母さんが好もしかった。

(そうだ……)

大地はふっと思い立った。

「お母さん、ベッドに移ってもらえませんか」

「えっ?」

「仰向《あおむ》けになってください」

「いいのかしら。夫婦のベッドだからいやだって言っていたでしょ?」

「そんなこと、関係ないってわかったんです。お母さんとひとつになりたいんです。周りのことなんか関係ありません。そんなことを気にしていたら、いつまでたっても、ぼくは目の前にいる女の人とひとつになれないって、本当にわかったんです」

「ああっ……」

お母さんが上体を起こした。

雨戸を閉めた寝室の薄闇の中のためかもしれないが、乳房がいちだんと豊かでたっぷりとしたものに見えた。大きく揺れるたびに、乳房がつくる谷間が深くなった。

お母さんが仰向けになった。

乳房が両脇にわずかに流れる。谷間が浅くなり、淫靡《いんび》な翳もわずかに薄くなる。縦長の陰毛の茂みはしかし、色合いを濃くしていて、そこに淫靡な翳が移ったように思えた。

お母さんの足を広げさせると、大地は膝立ちの状態でゆっくりと足の間に入った。

ベッドのスプリングが軋《きし》み、鈍い金属音があがった。見事な曲線を描くお母さんのしなやかな軀がくねった。

「さあっ、入って」

「まだです、お母さん」

「どうしてなの。わたしも、もうすぐ、いけそうなのよ」

大地はその声を無視して、屈み込んだ。くちびるを陰毛の茂みに近づけていった。

割れ目を源としている甘さの濃い生々しい匂いが鼻腔に入り込んだ。むせそうになるのを堪《こら》えながら、敏感な芽をくちびるで覆った。

尖《とが》った芽を舌先で弾いた。

うるみが口に流れ込んだ。甘い匂いと味が舌の上に拡がった。痺《しび》れている肉樹がビクンと跳ねて反応した。大地はそれを太ももで挟み込んで、絶頂につながるのを防いだ。

「だめ、ほんとにだめ。わたし、いっちゃうわ」

「いってください、お母さん」

「どうしてなの？　どうして、わたしと一緒にいこうとしないの。ねえ、いやなの？　わたしとじゃ、いやなの？　それとも、いやらしいふしだらな女とは一緒にいきたくないの？」

「そんなこと、絶対にありません」

敏感な芽からいったんくちびるを離すと、強い口調で言った。

ふしだらだとは思わなかった。それどころか、お母さんを純粋な人だと思っていた。いろいろと障害があるはずなのに、それを乗り越えてでも女でありつづけようとする気持に対して、大地は敬意さえ払っていた。

薄闇の中で、お母さんの華奢な肩が震えているのがわかった。

(泣いているのか……。でも、どうしてなんだ。ぼくがお母さんを泣かしてしまったのか)

大地はどうしていいのかわからず、膝立ちしたままの状態で、お母さんを見守った。

すすり泣きは、すぐに終わった。

ほんの数秒の出来事だった。

だがそれは、気づかれないようにお母さんが無理に嗚咽《おえつ》を呑み込んでいただけだった。泣き声は聞こえなくなったが、肩の震えは少しもおさまっていなかった。

「どうして泣いているんですか」

「ううん、そんなことないわ。ちょっと寒くて洟《はな》をすすっただけ」

「嘘をつかないでください。それとも、ぼくには話せないんですか。まだ子どものぼくなんかには……」

「何度か会って触れ合うようになってからは、そんな風に思ったことないわ。君のこと信用しているし、信頼だってしているのよ」

「だったら、どうして教えてくれないんですか。今日出会った時、いつもと雰囲気が違うって思いました」

「鋭いのね、やっぱり」

「お母さんの表情をしっかり見ていれば、それくらいのこと、わかります」

「わたしのことを理解してくれているのは、ああっ、君だけかもしれない」

「家族がいちばんわかってくれているんじゃないですか」

大地はそこで言葉を呑んだ。ご主人がいちばんわかってくれているのではないか、と本当は言いたかったが、咄嗟《とっさ》に言い換えたのだ。そう言ってしまうと、夫婦のことに口を差し挟むような気がしたし、そこに足を踏み入れる立場にはないと感じたからだ。

お母さんがまたすすり泣きをはじめた。小さくしゃくりあげながら、帰国した主人にね、久しぶりに女になってみようと思ったの、そしたら、長いこと会わないうちにずいぶんふしだらな女になったな、おまえはそんな汚らしい女だったのか、と蔑《さげす》むような目で吐き捨てるように言われたの、と途切れ途切れに教えてくれた。

大地は軀が硬直するのがわかった。

お母さんにかける言葉が見つけられなかったからだ。言葉でしか伝えられないことがあるのに、肝心な時にその言葉を失う。恥ずかしいことに、肉樹は萎《な》えることはなかった。が、絶頂の兆しが遠のいたのは感じた。

「ぼくは味方です、お母さん。ひとりの女性として、奈津江さんを見守っていきます」

「ありがとう……。君と触れ合うと、わたし、いつでも勇気ももらえるの。ああっ、うれしい……」

お母さんが瞼《まぶた》を開いた。

無言のまま膝を立てると、両手を広げ、迎え入れる体勢を取った。

大地は上体をお母さんにかぶせるように重ねた。

正常位で交わっていなかったこともあって、すぐには先端の笠を割れ目にあてがえなかった。こういう時こそ、迷ったりしないのが恰好いいはずと考えたが、思いどおりにできなかった。

お母さんが協力してくれて、笠をようやく割れ目にあてがえた。ふうっと胸の裡《うち》でため息をつくと、ベッドカバーを足の指で摑んだ。

「もう一度、ふふっ、やり直しね」

「よかった、笑ってくれて」

「君とこうしていると、すごく穏やかな気持になるのね、きっと」

「エッチな気持にもなるんでしょ？」

「もちろん、そうよ」

「奈津江さん……」

「はい」

「ぼくとひとつになってください」

「そうしてください、大地さん」

お母さんが初めて、名前を初めて呼んだ。ひとりの男として認めてくれたのだと感じて、大地はまたも腹の底がブルブルッと震えるのを感じた。

腰をゆっくりと突き入れた。

割れ目の外側の厚い肉襞が絡みついてくる。同時に奥の襞が最深部に導くような動きをする。先程までの四つん這いになったお母さんと交わった時とは、違ううねりのような気がした。大地はしかし、どこに違いがあるのかよくわからなかった。

お母さんの息遣いが荒くなった。

触れ合っている肌が汗ばみ、湿った音が響く。押し潰している乳房が上下に大きく動く。そのたびに、大地は自分の軀が浮いたり沈んだりするのを感じる。ふたりの軀が少しずつ、ひとつに溶け合っていくような気がして心地いい。目を閉じたままずっと、お母さんに軀をあずけていたくなる。

厚い肉襞が波打つ。

肉樹が鋭くそれに応える。

先端の笠が割れ目の最深部に当たるまで、大地は腰を突き入れる。縮こまっているふぐりがお母さんのお尻にあたり、それがさらなる快感を生む。

絶頂の兆しが強まる。

「お母さん、もうすぐです……。ぼく、もうすぐいきそうです」

「わたしも、そうよ」

「やっと、一緒にいけます」

「わたしを受け止めてくれて、山神君、ありがとう」

「よかった、ぼくを大人の男と認めてくれたんですね」

「そんなのは、ずっと前からよ……」

お母さんが口元に笑みを湛《たた》えると、視線を絡めてきた。

熱い眼差しだった。

心の奥底まで入り込んでくる気がした。同時に、もっと奥まで入ってきて欲しいと思った。そうすれば、心に触れているという実感が得られそうな気がしたからだ。

大地の意識は自分でも気づかないうちに、快楽に向いているのでもなければ、肉樹に集中しているわけでもなく、お母さんの心に向いた。

別の世界、別の次元に飛んでいたのだ。大地にはしかし、そこまで冷静に見極められるゆとりはなかった。

全身に快楽が巡った。

頭の芯が痺れているのを感じながら、絶頂に昇りそうなのがわかった。腹筋に力を込め直すと、足の指でもう一度、ベッドカバーを強く摑んだ。

「お母さん、いきます、ぼく」

「わかるわよ、さあ、いらっしゃい。ふたりで昇っていくの」

「はい、お母さん」

「大地さん、きて」

「奈津江さん」

　お母さんの全身が硬直した。太ももが痙攣《けいれん》を起こしたように震えた。両手を広げ、指を曲げたり伸ばしたりを繰り返した。

（いくっ……）

　ふぐりの奥で白い樹液を堰《せ》き止めていた堤防が決壊するのがわかった。

　猛烈な快感が湧き上がった。

　白い樹液が噴出する。

　割れ目に挿した肉樹が何度も大きく跳ねた。

　奥の肉襞が波打つ。外側の厚いそれが引き締まる。うるみが溢れ、お母さんの喉の奥から呻き声があがる。

「ああっ、ひとつよ、ひとつなのよ」

「お母さん、すごい」

「浮くわ、浮くの、飛んで行くの、ふたりであがっていくの」

躯を硬直させたまま、お母さんが勢いよくのけ反った。そのままの状態で、数秒間、呼吸を止めた。

「ふうっ……」

硬直した躯がわずかにほぐれた。寝室の空気が震えた。

額に浮かんだ細かい汗が、眉間《みけん》のあたりで集まり小さな滴《しずく》になっていた。それは雨戸の隙間から入り込む初夏の光をかすかに浴びて、キラキラと美しい輝きを放った。

ダブルベッドに裸で仰向《あおむ》けになったまま、大地はふうっと満足げにため息をついた。

お母さんの姿はない。

シャワーを浴びてくると言い残して、ベッドを抜け出している。

その興奮は今もまだつづいていて、白い樹液を放ったというのに、肉樹《にくみき》はまだ硬く膨らんだままだ。

大地はうつ伏せになった。

お母さんが横になっていたシーツに顔を寄せ、息を深く吸い込んだ。化粧品の甘い香りに混じって、お母さんの軀《からだ》から滲み出ている生々しい匂いを嗅ぎ取った。

　肉樹の芯がまたしても熱くなった。

　萎えることがないのではないかと思えるくらい硬くなった。腰を左右に揺すりながら、笠の裏側の敏感な筋をシーツに擦りつけて刺激を加えた。

（お母さんが愛おしい……）

　腹の奥底から迫《せ》り上がってくる想いを自ら煽《あお》るようにそう呟いた。

　指先でシーツを撫でる。

　お母さんのぬくもりがまだ残っているような気がした。

（ひとりでいたくない。ずっとお母さんと一緒にいたい……）

　大地はすっと上体を起こした。下腹とシーツに挟まれていた肉樹が勢いよく跳ねた。笠と幹を隔てる溝に溜まっていたうるみが下腹にべたりとくっついた。

　裸のまま部屋を出た。

　土曜日の午後の光が廊下に入り込んでいる。左側にあるゆかりの部屋の前を通り過ぎて階段を下りる。足音を忍ばせる必要などないのにどうしても爪先で歩いてしまう。それが可笑《おか》しくて、小さく笑みを洩らす。

　一階に下りるとお風呂場に向かった。廊下の突き当たりの右側だ。手前のリビングルームから女性ボーカルの曲が聞こえてくる。

家に上がらせてもらった時に流れていたのは、キャンディーズの「春一番」と山口百恵の「横須賀ストーリー」だったが、今はいったい誰が唄っているのかすぐに頭に浮かばなかった。が、お風呂場のドアノブに手をかけた時、その女性ボーカルがカルメン・マキだと思い出した。

ドアを静かに閉めた。

お風呂場の曇りガラスに、坐って軀を洗っているお母さんの姿がぼんやりと透けて見える。脱衣かごには真新しいパンティとピンクのブラジャーが無雑作《むぞうさ》に置かれている。肉樹の芯が熱くなる。腹の底がブルブルッと震え、絶頂まで昇ったばかりだというのに、二度目に向かう欲望が全身を巡っているのを確かに感じる。

「山神君でしょ？」

お母さんの声に、大地はビクリと肩を震わせた。気づかれていないとばかり思って安心していたから不意をつかれたのだ。

「ぼくも汗を流したいと思ったんです。いいですか、お母さん」

下着を盗み見ていたことへの罪悪感のようなものがあって、なぜここにいるのか訊かれてもいないのに、曇りガラスの向こうに向かって言い訳がましく声を投げた。

「ごめんなさい、まだ出ていなかったんですね。ぼく、ベッドに戻って待っています」

「そんなことしなくても、いいの。山神君さえよければ、入っていいわ。わたしが洗ってあげるから」

「いいんでしょうか」

「ふふっ、何を遠慮しているのかしら。ベッドではちっともそんな素振りを見せなかったのに……」

曇りガラスに透けているお母さんの腕がはっきり見えたと思ったら、ガラガラと引き戸が開けられた。

大地は咄嗟《とっさ》に、腰を引いた。勃起《ぼっき》していることを知られたくなかった。白い樹液をどんなに放っても、性欲が鎮《しず》まることがない男のように思われる気がしたからだ。

だが、それは無駄だった。

お母さんが意味深な笑みを浮かべながら肉樹に視線を向けているのが見えた。それが刺激となって、さらに勃起が強まってしまった。血気盛んな年頃の高校二年生には高ぶりを抑えたり、勃起しないようにする意思の強さなどなかったのだ。当然といえば当然だが、大地はそれがいくらか不満だった。それでいて、もしも肉樹が萎《な》えたままだとしたら、惨《みじ》めな気持になるだろうとチラと思ったりした。

浴室に入った。

湯気と熱気に包まれた。

プラスチックの椅子に腰をおろしたまま、お母さんが軀を回してきた。

（なんてきれいなんだ……）

見下ろしている顔も整っていた。

鼻筋がすっと伸びている。

睫毛《まつげ》がまばたきをする寸前に小刻みに震える。ふっくらとした頰のなだらかな曲線が、鼻筋や薄いくちびるの形と調和している。

美しい顔は、どの角度から眺めても美しい。冷静に考えてみれば当然なのかもしれないが、お母さんだけの特別のことのように思えた。

豊かな乳房がほんのりと赤らんでいる。美しい円錐の形を保っていて、頂点の乳首に滴《しずく》が溜まっている。荒い息遣いをあげるたびにそれが落ち、すぐにまた滴がそこに溜まる。

太ももを揃えているが、それでも陰毛の茂みははっきり見える。濡れたそれは下腹にべたりと束のようになって張りついている。

大地はどうしていいかわからず、そのまま立ち尽くしていた。

肉樹の芯に脈動が走り抜ける。膨脹が増し、赤みが濃くなる。笠が赤紫色に変わる。張りつめた幹に血管や節が浮き上がる。こんもりとしている陰毛の茂みが湿り気を帯びるうちにしんなりとしてくる。ふぐりの奥の火照《ほて》りが全身に拡がっている気がする。

喉が渇いた。それでいて、唾液がすぐに溜まる。それを呑み込んでも渇きはまったく癒《い》えない。

「ああっ、とっても元気……」

シャワーの水栓を開きながら、お母さんが囁いた。

飛沫が床にぶつかり、足もとにかかる。このまま立っていたほうがいいのか、それとも坐ったほうがいいのか。どちらにしようか迷っていると、肉樹を左手で摘まれた。

下腹に沿うように垂直に屹立《きつりつ》しているそれを水平に曲げられる。

濡れた指が、張りつめた皮をつけ根に向かって引き下ろす。笠が歪《ゆが》む。裏側の敏感な筋が浮き上がる。小指でふぐりの皮を伸ばしながら弾く。

爪の先が皺にひっかかり、そんな小さな刺激が快感につながった。

「素敵よ、山神君」

「ぼく、どうすればいいんですか」

「どうって？」

「このまま立っていたほうがいいんでしょうか。それとも坐ってしまいましょうか」

「ふふっ、いいの、このままで」

お母さんが微笑《ほほえ》んだ。睫毛《まつげ》にも微細な滴がくっついていて、まばたきをした拍子に落ちていった。

淫靡《いんび》だった。

それが三九歳の女性の欲望の深さを表しているような気がして、大地は目眩《めまい》がするくらいの高ぶりを覚えた。

肉樹にシャワーが当てられた。

先端の細い切れ込みに目がけてぶつけてきているようだ。お湯の勢いが強いために、切れ込みを覆う左右の敏感な肉がめくれ返ったりする。

「しっかり洗っておきましょうね」

お母さんが低い声で囁いた。話しかけるというよりも、自らの高ぶりに対して応えているような響きがあった。

右手で石鹸《せっけん》を摑むと、片手で器用に泡立てた。

石鹸にまみれたてのひらに幹全体が包みこまれた。ヌルヌルした感触だ。腹の底から快感が湧き上がってくる。膝が揺れる。ふくらはぎや太ももに力を込めていないと腰が落ちそうだ。息を詰めてその刺激を受け入れるが、吐き出すと下腹がブルブルッと震える。

ふぐりに石鹸が塗り込まれる。

まばらに生えた陰毛が跳ねる。毛先が太ももを掠《かす》める。お尻に近いところまで指先が入り込む。洗ってもらっているというより、石鹸を使った丹念な愛撫のように思えてならない。

大地はくちびるを嚙み締めたまま、喉の奥で呻《うめ》くような濁った音をあげた。

「ふふっ、気持がいいのね」

「はい、お母さん」

「もっともっと、気持よくしてあげたいな」

「それはぼくも同じです」

「わたしはいいの。ベッドでたくさん気持よくなったから。それに……」

「えっ？」

「逞しくなったおちんちんを撫でているだけでも、わたし、気持がいいの」

「そうなんですか？」

「そういうものよ。こういうことするのは、素敵だなって思う男性にだけだし、そうしたわたしの気持に応えて逞しくなってくれているわけでしょ」

「ええ、まあ」

大地は曖昧に応えた。

お母さんの気持に応えて勃起しているのかもしれないが、それ以外の、たとえば女体への好奇心とか、お風呂場に女性とふたりきりでいるという特異な情況といったことが刺激となって硬く尖《とが》っている気もした。しかしそれでは女の人ならば誰でもいいということになるわけで、それではあまりに節操がなさすぎると思った。

下腹に力を込め、肉樹を意識的に跳ねさせた。てのひらから飛び出し、下腹に当たって湿った音をあげた。

「だめよ、逃げちゃ」

「お母さんの気持に応えただけです」

「ふふっ、わかっているわ」

シャワーが当てられた。

石鹸の泡が流されていく。さらに細く長い指先で丹念にしごかれる。洗ってもらっているというより、やはり、快感を引き出されている気がしてならない。大地は頭の芯がぼんやりしそうになって左右に強く振った。

お母さんの顔が股間に近づいた。

肉樹がまた水平に曲げられた。

くちびるが寄せられる。

先端の笠に軽くつけられた。

大地は肩をビクッと震わせた。シャワーのお湯よりもずいぶん熱かったし、飛沫の刺激よりも数倍も快感が強かった。

「このくらいにして、さっ、でましょうか」

くちびるを離すと、お母さんが口元に妖《あや》しい笑みを湛《たた》えた。そして囁《ささや》くように、まだ時間はあるでしょ？　と訊いてきた。

お母さんがバスタオルとともに、バスローブを手渡してくれた。

バスローブというものを、大地は初めて見た。

月曜ロードショーなどで観る洋画でそれを見たことはあったが、実際に触れて着るのは初体験だった。モコモコとした感触だったが、そのことより、軀にまだ滴がついているのに着ていいことのほうに驚いた。

「学生服の時は幼い感じがするけど、こういうものを着ると、ずいぶんと大人びて見えるものねえ」

感心したようにお母さんが声をあげた。軀を引き加減にして全身を視界に入れると、満足そうにふうっと息を吐き出し、リビングルームで待っていてね、と囁いた。

大地はひとりで脱衣場を出た。

リビングルームは雨戸が閉められたままだった。オレンジ色の明かりがほのかに部屋全体を照らしている。午後の光が入ってこないせいか、今がいったい何時なのかわからなくなりそうだった。

ラジオからは、甲斐バンドの「裏切りの街角」が流れはじめた。それは大地がつい最近エアチェックした曲で、歌詞を覚えているところだった。

ソファに坐った。背もたれに上体をあずけ、歌詞をくちずさむと、下腹に沿って屹立している肉樹が立ち上がりはじめた。

股間のあたりのバスローブが盛り上り、太ももがあらわになる。お母さんのたっぷりとした乳房や尖った乳首が脳裡に浮かぶ。ふぐりがキュッと縮こまると同時に、火照りが全身に拡がった。

お母さんが入ってきた。

バスローブを着ている。胸元がざっくりと開いていて、乳房がつくる谷間の入口が垣間《かいま》見える。赤みが濃く、さらにそこには妖しい翳《かげ》も宿っている。バスローブの白色がそれらを際立たせているように見える。

冷蔵庫からジュースと瓶《びん》ビールを取り出した。

「お母さんも、ビールを飲むんですね」

「変かしら」

「そんなことありませんが、意外な気がしたんです」

「どうして？」

「恥ずかしいな、言うのは……」

「だめよ、途中まで言いかけたんだから。ほら、言いなさい」

「わかりました」

「ふふっ、素直ね」

「清楚な雰囲気だし、お母さんてすごく気品があるでしょ。だから、アルコールを飲む姿なんて想像できなかったんです」

大地はすすんでビールを注いだ。

父に毎日のようにやらされていたおかげで、気を利かすことができたのだ。あまり冷えていなくて、グラスがほとんど泡ばかりになった。ジュースも冷えていなかった。

「家に帰ってきた時に冷蔵庫に入れたんだけど、やっぱりまだ、冷えていないわねえ」

「大丈夫です、美味《おい》しいです」

大地はそう言うと、いっきに飲み干した。そんなことでお母さんに気を遣って欲しくなくて、空になったグラスに自分でジュースを注いだ。

だが見かねたようにお母さんが氷をボウルに入れて持ってきてくれた。ふたつのグラスに氷を入れると、それがひび割れるような音が響いた。

お母さんがビールの入ったグラスを空にした。

お酒に弱いのだろうか、それとも昼間から飲むことに慣れていないのか。シャワーを浴びて火照った赤みとは違う肌の色合いに変わった。

しなだれかかるようにふっくらとしたやわらかい軀を寄せてきた。

息遣いが荒い。瞳を覆う潤みが厚い。オレンジ色の明かりを映し込んでいるが、それが微妙に揺れる。

グラスをソファの前のテーブルに置いたところで、

「わたし、ふふっ……いたずらしたくなっちゃった」

と、粘っこい声で囁いた。

グラスに残った氷を口にふくんだ。

何をするのかと待ち受けていると、お母さんがソファからお尻を落とし、足の間に入ってきた。

肉樹に勢いがついた。バスローブの陰部のあたりの盛り上りがさらに高くなった。

細い指が肉樹を摑んだ。背もたれにあずけていた上体を起こしたことで目立たなくなっている肉樹が前方に曲げられた。

(氷を口に入れたまま、くわえてくれるのかな……)

ぞくりと腹の底が震えた。

お母さんが屈み込む。湿った長い髪が太ももを撫でる。鼻息がふぐりに吹きかかる。くちびるを閉じたまま、先端の笠にあてがう。

ひんやりした感触が拡がった。

くちびる全体が氷で冷やされているのだ。

今まで味わったことのない刺激に高ぶりが強まる。肉樹の先端から透明な粘液が滲み出てくるのが長い髪の間から垣間見える。

笠がくわえられた。

あまりの冷たさに腰のほうまで痺《しび》れるようだった。笠だけでなく膨張している幹まで縮こまったが、それもほんの一瞬で、すぐに新たな快感として受け入れた。

舌先が氷を転がす。

先端の細い切れ込みにあてがった後、氷を敏感な筋に運ぶ。幹の裏側で迫り上がっている嶺に沿って氷を上下に滑らせる。

溶けた冷たい水と粘り気の強い唾液が混じり合う。それをお母さんが喉を鳴らして呑み込む。氷が小さくなっていき、肉樹全体で感じる冷たさも少なくなっていく。

急激な温度の変わり様に欲望が煽られ、大地は思わず、お母さんの後頭部に両手を伸ばすと手前に引いた。

口の奥まで肉樹を突き挿した。

最深部の肉の壁に笠がぶつかった。

硬い笠がよじれた。細い切れ込みを覆う両側の肉がめくれ、鋭い快感が走り抜けた。

「あん、だめ」

お母さんが頭を引きながら、くぐもった声を洩らした。頰の赤みが濃くなった。お酒による酔いに、性的高ぶりが加わったのだ。

(同じことをしてみたい……)

お母さんの発案のいたずらをやってみたくなった。自分の感じたのと同じ快感を割れ目に与えられるだろうかといった好奇心が芽生えたからだ。

「ソファに坐ってください……、お母さん」

「もういいの？」

「ぼくもお母さんにやってあげたくなったんです」

「いいのよ、気を遣わなくても」

「そんなつもりじゃありません。ぼく、そうしたいんです」

大地はお母さんの両頬をてのひらで包み込み、顔を上げさせた。それから細い腕を摑んで腰を上げさせ、ソファに坐らせた。

バスローブがはだけている。

石鹼の香りに混じって、甘さの濃い生々しい匂いが漂う。乳房もすっかり剝き出しになっていて、胸元から下辺まで鮮やかな朱色に染まっている。

大地はずるずるとお尻をずらし、床に座り込んだ。ビールを入れたグラスに残った氷を口に含んだ。一瞬、自分の飲んだジュースのほうの氷にしようかと迷ったが、ビールのグラスに口をつければ間接キスになるなと思ってそちらにしたのだ。

氷にビールの泡がくっついていた。

苦い味がした。

舐めた程度なのに、それだけで酔いそうだった。気持悪くなりそうになるのを我慢しながら唾液とともに飲み込んだ。

「何をしたいのか、ああっ、やっとわかったわ。怖いわ、わたし」

大地は黙ったまま、お母さんの足を広げた。

軀をずらしながらその間に入る。バスローブのベルトを外してめくる。ソファに寄りかかった女体のすべてがあらわになる。

割れ目に向かって薙《な》ぎ倒されていた縦長の陰毛の茂みが少しずつ立ち上がっている。荒い息遣いと下腹が連動し、さらに陰毛がつづいてうねる。

陰毛の茂みにくちびるをつけた。

「あん、冷たい……」

下腹が波打った。

屈み込んでいても、お母さんが息を止めたのがわかった。下腹のうねりは止まらなかった。それに連動して動いている陰毛の茂みがほとんど立ち上がった。

氷が飛び出ないように気をつけながら舌を差し出した。

茂みの奥の地肌を舐める。冷えているはずなのに陰部の火照りは強まっている気がしてならない。生々しい匂いも濃くなっている。鼻だけで息をするのが苦しい。

大地は口を開けた。新鮮な空気を吸い込むと、割れ目に吹きかけた。

「わたし、ああっ、そんなことしないで。またしたくなってきちゃうわ」

「ぼく、うれしいです」

「山神君だから、わたしも素直に自分の気持を表すことができるの。君だからなの、変に誤解しないでね」

「わかっています、お母さん」

「わたし、乱れてもいいのね」

「そうしてもらったほうが、ぼくもうれしいです」

「ああっ、うれしい……」

　お母さんが腹の底から出したような低い呻き声を洩らした。下腹から乳房のあたりにかけて白い肌が痙攣《けいれん》を起こしたように何度も波打った。

　大地は指を股間に伸ばした。

　割れ目を覆う厚い肉襞《にくひだ》はすっかりめくれていた。うるみが溢れ、太もものつけ根まで濡れていた。指を軽く押し込むだけで、割れ目の溝の中央にひそむ深い穴にすんなり入れられそうだった。

　氷をくちびるの先だけでふくんだ。そのまま割れ目がつくる溝に沿って滑らせた。あっ、という短い声があがり、膨らんだ厚い肉襞がビクンと脈打った。お尻のほうから敏感な芽に向かって波立ち、内側の薄い肉襞がわずかに収縮した。

「冷たい……。ひんやりしているのが軀のすみずみまで巡っていくの」

「やめたほうがいいですか」

「だめ、やめないで。気持がいいの、ああん。不思議よ、とっても。わかる？　山神君。冷たいのが一巡した後、じんわりとした気持よさがわたしの大切なところに戻ってひとつになる感じなの」

氷がお母さんの火照りに溶ける。うるみと混じりながら太ももにつたい、布張りのソファを濡らす。甘く生々しい匂いは薄まることがなく、息が詰まるくらいに濃くなる。それは割れ目からだけでなく、赤みを帯びた肌からも滲み出てくるようなのだ。

大地は氷を敏感な芽にあてがった。

お母さんが息を吸い込みながら、ヒュッと甲高い声をあげた。それにつづけて、低い声で唸《うな》るように呻いた。雨戸を閉めていても外に漏れ出ると思ったくらいだ。

氷がすっかり溶けた。

敏感な芽を舌先で覆うようにしながらゆっくり舐めた。

粘り気の強いうるみが拡がった。同時に厚い肉襞のうねりが収まった。そしてわずかな間に、縮こまっていたそれがまた膨らみはじめた。

「ほんとに、わたし、我慢できなくなってきたわ。山神君、ねえ、ここでしたいの。ああっ、ここでして」

「ソファで、ですか」

「いや？」

「布地を濡らしちゃいます」

「いいのよ、そんなことは。さあ、きて、わたしとひとつになって……」

お母さんが豊かな腰を揺らした。坐っている窮屈な状態のまま、肉樹が鋭く跳ねた。

大地は顔を上げ、三人掛けのソファに素早く目を遣った。

(どんな風にこれを使えば、深くつながることができるんだろう)

肉樹の芯に熱がこもる。氷で冷やされた時の感触はすでにない。立ち上がってバスローブを脱いだが、それでも熱が逃げることはなかった。

お母さんが顔をあげた。

じっとりとした舐めるような視線を全身に送ってきた。

見られていることがわかっていても、肉樹が萎えることはない。膨張していることを強調するように陰部を突き出した。

「何度見ても、ほれぼれする軀ね」

「二年生になって、筋肉がついてきました」

「彫像を見ているようだわ」

「サッカーやっているせいで、太ももが太くなっちゃってどうしようもありません。それにぼくは右利きだからどうしても、右足を多く使うんです。右足のほうがちょっと太いし、筋肉もついているでしょ？　すごく不格好なんです」

「そんなことないわ。いつまでもこうして眺めていたいくらいよ……。ううん、そうじゃないわ。君に触れたい、君とひとつになりたい、君の逞しい軀の重みを感じてみたい……。さあ、山神君、きて」

お母さんがお尻をソファから落ちる寸前までずらした。

床につけている足を上げると、割れ目が剝き出しになるのもかまわずに、ソファの端に乗せた。窮屈な体勢のために、ふくらはぎから膝にかけて細かく震えていたが、何度か足の位置を変えて落ち着いた。

縦長の陰毛の茂みの形が、わずかながら横に広がる。めくれている厚い肉襞からうるみが流れ出している。オレンジ色の明かりを浴びて、鈍い輝きを放つ。割れ目がつくる翳と混じり合うことで、その輝きが醸《かも》し出す淫靡さがさらに強まる。

左手を背もたれにつけて上体を支えると、大地は肉樹を割れ目にあてがった。すでに白い樹液を放っているだけあって、それだけの刺激では絶頂につながることはなさそうだった。

「そこよ、わかっているのね。うれしいわ、山神君、そのまま深く入って」

「はい、お母さん」

「そうよ、いつまでもそういう素直さを忘れないでね」

「ぼくは変わりません」

「わかっているわ……。わたしだって変わらない。それにこの齢《とし》だもの、変わりたくても変われないわ」

「年齢のことなんて口にしないでください。ぼく、お母さんのこと、年上だなんてことを意識したことないんですから」

「そうよ、年齢差なんて関係ないわ。わたしはわたしだし、山神君は山神君でしかないの。だからこそ、わたしたちはひとつになれるんでしょ？　そうよね」

うわずった声をあげながら、お母さんが念を押すように言った。確かにそうだ。大地はひとりの男として、ひとりの魅力的な女性に接している意識しかなかった。

大地が力強くうなずくと、お母さんの下腹がうねり、それにつづいてうるみを溢れさせながら肉襞が小刻みに震えた。

大地はゆっくり腰を突き入れた。

めくれている襞が元に戻り、幹にへばりついてきた。内側の薄い襞は、挿入を歓迎するように波打った。二階のベッドで交わっていただけあって、さすがに重ねた肉に無理矢理ねじ込むような感触はなかった。だからといって肉樹への圧力が弱いわけではないし、締めつけなどは変わらずきつかった。

「ああっ、すごく逞しい……。わたしの大事なところがいっぱいになっているわ」

「気持がいいです」

「もっと深く挿して」

「はい……」

「そうよ、もっと強く突き入れていいの。滅茶苦茶になるくらいに暴れていいのよ。ああっ、おっきい、壊れそう」

くちびるを噛み締めた後、くうっという呻き声を洩らしながら息を吸った。乳房が連動し、豊かなそれが大きく揺れた。

迫り上がった乳輪が赤黒く変色する。乳房同士がぶつかり、湿った音をあげる。尖った乳首がプルプルと細かく震える。不思議なことにその動きが割れ目の奥の襞のうねりと密接に関係している気がしてならない。

恥骨同士がぶつかる。

湿り気を帯びた陰毛の茂みが擦れ合い、痛みとも快感ともつかない刺激が生まれる。

腰を突き入れているが、それでも最深部には当たらない。お母さんの体勢と自分との兼ね合いが悪いためにそうならないのだ。

(もっと深く入りたい。奥にぶつけられる恰好でしたい……)

高校二年生は貪欲だった。好奇心といった類ではなく、軀の奥底から湧き上がってくる強い欲求だった。

大地はそれに突き動かされた。

肉樹をゆっくりと抜いた。

割れ目を塞《ふさ》いでいたものがなくなり、うるみが溢れるようにして流れ出てきた。クチャクチャという粘っこい音がかすかに響く。厚い肉襞が波打ち、音をあげている。それを耳にした瞬間、自分よりもお母さんのほうが貪欲ではないかと思い、肉樹がビクンと大きく跳ねた。その勢いで笠と幹を隔てる溝に溜まったうるみが弾け飛び、お母さんの下腹に滴がいくつか落ちた。

「どうして……、だめよ。ああん、どうして抜いてしまうの？」

「もっと深く交わりたいんです」

「どんな風にしたいの？」

「よくわかりません……」

「そうかしら？」

「教えてください、お母さん」

「とぼけているのね」

大地は曖昧な笑みを浮かべた。

肉樹についているうるみが幹をつたい、縮こまっているふぐりの皺の溝にも入り込む。うるみは熱をはらんでいて、ふぐりがそれを敏感に察知する。硬くなった皺に包まれた肉塊《にくかい》がキュッと引き上がり、ふぐりそのものもさらに縮こまる。

お母さんが足をソファから下ろすと、気だるそうに上体を起こした。大きくため息をついた。横に広がりを見せていた陰毛の形が、元々の縦長に戻った。

「わたしが上になるわ」

「ぼくはどうすればいいんですか」

「わたしと入れ替わったと想像してみればいいわ」

「ソファの背もたれに軀をあずけちゃっていいんですね」

髪を梳《す》き上げながら、お母さんがうなずいた。いつの間にか全身が鮮やかな朱色に染まっていた。

大地は言われるまま、ソファに上体をあずけた。足はもちろん上げなかった。そうしないことくらいはわかった。

騎乗位に似た恰好だ。

お母さんを見上げた。

たっぷりとして豊かな乳房、ウエストのくびれ、ふっくらして張りのある腰、そしてすらりと伸びた太ももに至るまで、すべての曲線が見事だった。それは成熟した女性が、軀の細部に意識を巡らせつづけてようやく得た美しさだと思った。しかも目の前の裸体には清楚さと気品までもが備わっていたのだ。

(こんなに美しいお母さんと、ぼくは交わっているんだ……)

大地はあらためてその事実を認識した。

充実感と満足感がみなぎった。新鮮な驚きを抱いたけれど、心は満ち足りていた。そのせいかどうかよくわからないが、肉樹は跳ねなかった。

お母さんがまたがってきた。

仰向けになった状態のために、肉樹は下腹に沿っている。大地はそれを垂直に立てた。お母さんが慎重に腰を下ろす。割れ目からわずかに外れたが、すぐに腰を操り、割れ目の中心にあてがった。

上向き加減の乳房が上下に揺れる。張りを保っているそれが妖しい輝きを放つ。深い谷間に宿る濃い翳《かげ》が小刻みに揺れる。息遣いの荒さが強まるごとに、谷間が深くなったり浅くなったりを繰り返し、翳も色合いを変える。肉襞がめくれたまま膨らみ、笠の小さな切れ込みをくすぐるように動く。

「ああっ、この逞しいものが、わたしの中に入るのね」

「こんなにきれいな女性と交われるなんて、ぼく、ほんとにうれしいです」

「さあ、わたしを貫いて」

大地は苦しい体勢ながら、腰を突き上げた。

先端の笠が割れ目に侵入した。

今しがたの交わりの時より、奥のほうが窮屈だった。

体位のせいなのか、それとも単なる錯覚なのかわからないが襞の動きは細かく、そして速いように感じる。下腹の前後のうねりも大きく、深く呼吸をしているように思えてならない。

腰を突いた。

お母さんがそれに合わせて、体重のすべてを陰部にかけてきた。

先端の笠が最深部に当たった。

そこの細かい襞がざわめきながら、束になって押し返してきた。小さな切れ込みに入り込む襞があったり、裏側の敏感な筋を撫でながらうねる襞もあった。

乳房が大きく揺れる。

乳輪の迫り上がりが増している。乳首の幹がひと回り大きくなり、先端の平らな部分の面積も広がっている。

長い髪が乱れる。うっとりとした表情が垣間見える。閉じている瞼に、瞳の輪郭が浮き上がる。くちびるの端に溜まった唾液を、音を立てて吸い、喉を鳴らして呑み込む。

割れ目からうるみが滲み出てくる。それが仰向けになっているために平らになった陰毛の茂みの地肌に流れ出て溜まる。甘さの濃い生々しい匂いが漂う。それが肌にべったりと張りつき、毛穴から軀の中に侵入してくるような気がする。しかもそれが軀の奥底にひそむ愉悦を引き出しているようにも感じるのだ。

ふぐりの奥が熱い。

先程の絶頂からまだ一時間も経っていないはずなのに、白い樹液が噴出しそうになるのを感じる。

「お母さん、ぼく、いきそうです」

「そう、そうなのね。いつでもいっていいのよ。わたしもいきそうだから、君と一緒にいけるはず」

お母さんがのけ反った。

華奢《きゃしゃ》な肩がブルブルッと震えた。それはおさまらなかった。いや、それどころか、痙攣のはじまりのように激しく揺れだした。

「ああっ、待てない……。わたしのほうが先にいきそう。山神君、さあ、きて、一緒に昇って」

「はい、お母さん」

「すごい大きな波が押し寄せてきているの。わかる？　ねえ、わかる？　一緒に波に呑み込まれるのよ、いいでしょ、一緒よ」

「いきます……」

大地は短く呻き声をあげた。

お母さんの全身が大きく痙攣を起こした。

それが引き金となった。

ふぐりの奥が爆《は》ぜた。

（波に呑み込まれる……）

頭の芯が痺れるのを感じながら、大地はうっすらそう思った。

第五章　ミサが揺れる

梅雨《つゆ》入り宣言があってから、数日が経った。

雨が降りそうな雲行きの中、自転車で通学している山神大地はホームルームが始まる午前八時三〇分ぎりぎりに教室に入った。

(間に合った……)

額《ひたい》からも胸元からも汗が噴き出している。一週間近く使っているハンカチで汗を拭《ぬぐ》うと、慌《あわ》ただしく学生カバンから教科書と筆記用具を取り出し、机に押し込んだ。

ため息をついてパイプ椅子の背もたれに上体をあずけると、右斜め前の席の杉江《すぎえ》淳子《じゅんこ》が振り向き、もっと早く来なさいよ、山神君はいつも、そうやってギリギリなんだから、と諭《さと》すような声で睨みつけてきた。すかさずその言葉に同調するように、淳子のすぐ後ろ、つまり、大地の席の右隣に坐っている佐藤が、そうなんだな、山神って奴は、ところでおまえさ、と声を投げてきた。

言い終わったところで周囲を見渡し、今日さ、転校生が来るって知ってたか？　イギリスに一年間留学していた女の子らしいんだけど、ひとつ年上だってことだ、と今度はひそひそ声で話しかけてきた。

噂《うわさ》は耳にしていたが、大地はまったく興味を抱かなかった。

留学したくてもできない家庭だったし、中学生の時にアメリカに留学するチャンスを泣く泣く諦《あきら》めたことを思い出したくなかったから、敢えてその話題から遠ざかっていたのだ。

佐藤がうれしそうに、

「どうやら、すごい美人らしいぞ」

と、囁《ささや》いた。

「どうしてわかったんだ。佐藤のことだから、勝手な想像していたんじゃないのか」

「いや、違うんだよ。情報は確かだ。その女の人と同級生だった三年生の先輩に聞いたんだからな」

「うちのクラスなのかい」

「そうだよ、だからおれ、今日は早く学校に来たんじゃないか」

「どうりで、廊下に机と椅子が置いてあったはずだ。いったいどこの席になるのかな」

「まだわからない。山神がどこか別のところに席を移ってくれると、おれとしてはうれしいんだけどな、どうだい、立候補してくれないか」

そこまで言ったところで、教室の前方の引き戸が開いた。

担任の川上先生が入ってくる。

教室に広がっていた話し声が一瞬にして消えた。クラス全員が転校生に関心があるらしい。大地も思わず、川上先生につづいて入ってくる転校生を注視した。

（あっ……）

思わず息を呑んだ。

美しい女の子だった。

長い髪が艶《つや》やかに輝いていた。

ふっくらとした頬にわずかに赤みが差している。口元に笑みを湛《たた》えているが、くちびるがかすかに震えていて、緊張しているのが見て取れた。

背の高さは一六〇センチくらいだろう。留学していたという予備知識があるためか、どことなく日本人離れした顔つきに思えてならない。均整がとれているが、どちらかというとむっちりしているほうだ。乳房が大きくて、制服が張りつめているのが最後列に坐っている大地にもはっきりとわかる。

「おい、すごくきれいだな」

佐藤が軀《からだ》を横に倒すようにして囁いた。好奇に満ちた声だった。大地同様、佐藤もまた彼女の乳房の豊かさに気づいたらしい。

「おいおい、すごいな」

「佐藤、変なところ、見ているんじゃないぞ」

「そう言うおまえこそ、あのすごいおっぱいを見てたんだろ?」

「佐藤の場合は、あまりにも露骨すぎるんだよ。視線がいやらしいんだ」

大地がそう応《こた》えるとちょうど、ホームルームがはじまった。朝の挨拶《あいさつ》が済んだところで、先生が転校生について紹介をはじめた。今日から、みなさんと一緒のクラスになる、神田《かんだ》美《み》沙子《さこ》さんです、龍城高校に入学して一年間勉強した後、ロンドンに留学して帰ってきました、年齢はみなさんよりひとつ上になりますが、仲良くしてあげてくださいね。美沙子の肩を抱いて軽くポンポンと叩き、それじゃ神田さん、自己紹介してねと言った。

「はじめまして。父の仕事の都合で、ロンドンに一年間、行っていました。あっ、付け加えておきますが、わたし、英語は得意ではありません。一年間だけですから、英語はそれほどうまくなっていません」

神田美沙子が笑みを浮かべ、頭を下げると、誰からともなく拍手がはじまり、数秒間、教室に拍手の音が満ちた。

そこで佐藤が手をあげ、

「あの、神田さんの席は、どこになるんでしょうか」

と、声をあげた。川上先生が佐藤に顔を向け、席替えをするのも大変だから、窓際の席にしようと思っています、最前列がいいかと思ったけど、神田さんに話したら最後列にして欲しいと頼まれたので、とりあえず、山神君の後ろの席にします、佐藤君、斜め後ろになるから、仲良くしてくださいね、そうだ、佐藤君、廊下に用意して置いてある机と椅子を運んでください、と言った。はい、と応えた佐藤が視線を送ってきて、山神、おまえ、ついてるな、いつもそうなんだよな、と恨みがましい表情を一瞬つくった。

ホームルームはその後、すぐに終わった。そのすぐ後に一時限目の世界史の授業がはじまったので、神田美沙子に気を配っているゆとりは大地にも佐藤にもなかった。先生が黒板に向かっている隙に、振り向いて彼女を間近で見てみたかったが、そんな失礼なことはできなかった。

淡々とした授業が終わり、一〇分の休憩に入った。起立、きをつけ、礼、という学級委員長のかけ声とともに、教室がざわつきはじめた。そこでようやく、大地は振り返って、神田美沙子に声をかけた。

「山神大地と言います。ご近所さんになったんで、これからもよろしく。勉強のことを訊かれても役に立たないと思いますけど、ほかのことなら、なんなりとどうぞ」

授業中にずっと、どうやって自己紹介したらいいのか考えていただけに、すんなりと言うことができた。ブレザーの制服の胸元の盛り上がりが目の端に入っていて、そこに視線を向けたかったけれど我慢した。

「ありがとう、友だちになってね」

「ぼくのほうこそ、よろしく」

「よかったな、話しかけてもらって。今日は一日、先生以外、誰とも話ができないんじゃないかって心配していたんだから」

「どうして、ですか」

「だって年上だしね」

「そんなこと気にしませんよ。だけど、ちょっとびっくりです」

「何が？」

「なんて言うのかな、一年間も留学していたっていうことだから、変なイントネーションの日本語なのかなって思ってましたけど、ぼくらとまったく変わらないんですね」

「それはそうよ、たった一年間だもの。それにその前はずっと日本にいたわけだから、変わりようがないわ」

「初めてだから、留学していた人と話すのって……。変な先入観を持ってました、ごめんなさい」

「ううん、いいの。たいがいの人がそう思うみたいだから。えっと、山神君でしたよね、君が初めてよ、そんな風に謝ってくれたの。わたし、ちょっとうれしいな」

声をあげるたびに豊かな乳房がわずかではあるが前後に動いた。それもまた目の端に入っていた。

（なんて笑顔がきれいなんだ……）

乳房のことを意識しながら、同時にそんなことを思った。

自分がひどくいやらしい男になってしまっている気がしたが、たとえば川上先生のそれよりも、そして島野先生や小泉ゆかりや彼女のお母さんよりも確実に豊かな乳房を気にしないでいられる高校生などいるはずがないとも思った。

「ぼく、サッカー部なんです。神田さん、ロンドンにいたのなら、本場のサッカーを観たんじゃないですか」

「山神君、サッカー部なの。わたし、向こうにいっている間に、サッカーが好きになったの。マンチェスター・ユナイテッドの大ファンよ」

「センター・フォワードのジョージ・ベスト、かっこいいですよね。ぼくはハーフのポジションだけど、あこがれちゃいます」

「あら、よく知っているのね」

神田美沙子がまたしても、口元に笑みを湛えた。笑顔がキラキラと輝いているように映った。眩《まぶ》しくて大地は思わず目を細めた。

次の授業の開始までの短い時間だったが、サッカーの話がきっかけで彼女と打ち解けられた気がした。

話を終えたところで、佐藤が近づいてきて、狡《ずる》いぞ山神、おいしいところばっかりとりやがって、彼女を独占するんじゃないよ、おれだって話をしたいんだからな、と強い口調で言うと、頭を軽く小突かれた。

二時限目の授業が終わると、今度は神田美沙子のほうから先に話しかけてきた。大地は振り向きながら佐藤と視線を絡《から》め、仕方ないだろ？　と目で訴えて了解を得た。渋々といった表情を佐藤が浮かべるのを見届けたところで彼女と向かい合った。

「山神君はどこに住んでいるの？」

「修善寺《しゅぜんじ》の奥のほうです」

「わたしは長岡《ながおか》。それほど遠く離れているわけではないわね。通学の時でも会ったら、ご一緒してね」

「残念ながら、ぼくは自転車通学なんです」

「ずいぶん距離があるでしょう」

「自転車なら、お金かかんないし、それに、脚力が鍛えられるから」

「雨の日はどうするの？」

「カッパを着て、背を丸くしながら必死にペダルを漕ぐんです」

「偉いのね」

両手を広げ、信じられない、というしぐさをごく自然にした。外国人がするしぐさだった。たった一年でこんなにも自然な振る舞い方になるものか、と大地は驚いた。

そんな風に短い会話を三、四日つづけた。佐藤も何度か話に加わったりしたが、それでもクラスの誰よりも彼女と仲良くなった気がした。もちろん、彼女は女子の同級生にも積極的に話しかけていたが、彼女よりも同級生のほうが警戒しているようで、うちとけなかった。

金曜日になった。

神田美沙子がやってきて五日目だ。

昼時にチラと雨が降ったが、夕方になると曇天から見事な夕陽が現れた。幸運がやってきそうな予感のする素晴らしい光に包まれた。サッカーの練習を終えると、大地は自転車置き場にひとりで向かった。

その時だ。

神田美沙子もちょうど自転車置き場にやってきた。

電車通学の彼女にとっては用のない場所だと思って見ていると、自転車の鍵を外しはじめたので、大地は思わず声をかけた。

「あれっ、神田さん、自転車で今日は通学してきたんですか」

「昨日からなの……。かなり疲れるけど、とっても愉しいわ。自転車に乗るのって苦手だったけど、もうわたし、自由自在に乗りこなせるわ」

「電車通学から切り替えたんですか」

「山神君が自転車でやってきているって言っていたでしょ。だからわたしも真似してみたくなったの」

屈託のない表情を浮かべながら口元に笑みを湛えた。

相変わらず美しい笑顔だった。

(この笑顔をふたりきりのタイミングで見られて幸運だったな)

電車のほうが楽なのに、どうしてなのかと思っていると、

「ねえ、一緒に帰りましょ。ほんとのことを言うとね、こんな風に一緒に帰ることができればいいなって思ったのよ。自転車通学なんて危ないっていう母の忠告を聞かなかったの」

と、彼女が言った。

一瞬にして陰茎の芯に強い脈動が走り、幹が硬くなった。

大地は黙ってうなずくと、ぎこちなくサドルに腰掛けた。お尻とふぐりの間のその一点に体重がかかっている気がして、陰茎がさらに膨張した。

「ぼくが先に走って先導してあげますよ。そのほうが危なくないから」

「ありがとう」

左足をペダルに着け、長い髪をなびかせながら右足で地面を二、三度蹴ると、神田美沙子が軽やかにサドルに乗った。

スカートがめくれ上がった。彼女が走り出すまで後ろで見守っていたから、太ももがあら

わになるところまではっきりと見えた。

甘い香りが漂ってきた。いや、それは錯覚かもしれなかったが、大地は匂いを確かに嗅《か》いだと思い込もうとした。そんな風に思うことで、さらに彼女に対する心の距離を近づける気がしたからだ。

校門を抜ける。

夕陽はまだ残っていて、ダイナモを点《つ》ける必要はない。先導しようと思っていたが、彼女が先に走っていく。スカートの裾《すそ》がはためく。大地は彼女を追いかけながら両側が田んぼの農道を走る。

五分程走ったところで、彼女が制服のジャケットを脱いだ。

白い肌がオレンジ色の夕陽を浴びて、キラキラと輝く。ブラウス越しにブラジャーが透《す》けて見える。ブラジャーのホックがほんの少し膨らんでいて、そこに翳《かげ》が生まれていた。豊かな乳房をきつく締めつけているらしく、腋の下のあたりには凹みがあった。

前傾姿勢になると、お尻を浮かしてペダルに体重をかけた。

お尻の形が浮き彫りになった。

パンティのゴムのラインもはっきりと見て取れた。豊かさと弾力と張りといったものを兼ね備えている気がして、日本人離れしていると思った。

陰茎が膨らむ。脈動が駆け上がり、笠が張りつめる。ペダルを漕ぐたびに、ふぐりの奥の硬い筋をグリグリと圧迫することになり、陰茎がさらに膨脹する刺激につながる。

自転車通学をしてきて、今までにも何度もこうした光景を見てきたが、走りながらこれほどまでに強く勃起をするのは初めての経験だった。

「もうちょっとゆっくり走ってください。危ないですよ」

「わかっているわ。山神君に、わたしの運転を見せたかったの。どう？　高校生になるまで自転車に乗れなかったなんて信じられないでしょ」

「わかりましたから、ちょっとスピードを緩めて……」

神田美沙子がブレーキをかけた。大地も彼女の自転車の動きに合わせて、自転車のスピードを操作した。

彼女が自転車を止めた。

大地も横に並んで止まった。どうしたのかと彼女の顔を覗き込むと、視線が絡んだ。

「わたし、うれしくなっちゃった」

「うまく走れたから？」

「ううん、君と出会えたこと……。体中が悦《よろこ》んでいるわ。相手が外国人だったら、強く抱きしめて欲しいって言うんだけどなあ」

顔を半《なか》ば覆っている長い髪を梳《す》き上げた。瞳を覆う潤みにさざ波が立ち、妖《あや》しい光が放たれていた。

大地は自転車のペダルを踏み込みながら、時折、梅雨空《つゆぞら》に目を遣《や》った。

（まずいな……）

雲行きが怪しかった。修善寺まで天候がもってくれそうにない気がして、後ろに神田美沙子がつづいていることを承知していながらも、ついつい、スピードを上げてしまった。

「山神君、ちょっと待って。速すぎてついていけないわ」

背後から美沙子の声が飛んできた。

一〇メートル程遅れてしまっていたが、大地はスピードをさほど緩《ゆる》めず、

「頑張って。この空の様子だと、君の家のある伊豆長岡《いずながおか》までもたないかもしれないよ」

と、応《こた》えた。カッパを持っているかとつづけて訊《き》いたが、そんなものはもっていないという返事だった。

「大丈夫よ、わたし。雨に濡れても。留学していたロンドンって、いつもジトジト雨が降っているようなところだったから、慣れてしまったの」

「自転車に乗れるようになってまだ、日が浅いと言っていただろ？　雨で道路がスリップするから危ないんだよ」

「山神君がゆっくり併走《へいそう》してくれるんなら、わたし、平気よ」

強がっている風《ふう》の声がまたしても背後から飛んできた。

そんな風にして急《せ》かしたり励ますうちに、ぽつりぽつりと雨が顔にかかるようになり、長

岡まであと五分程で到着するというところまで走ってきたところで雨足が強くなった。

自分ひとりならばもっとスピードを上げて走ったはずだが、美沙子に併走していることもあって雨の中をゆっくり、ペダルを漕がなければならなかった。大地もまた彼女同様、カッパを持っていなかった。昨日の朝、雨の中の通学で使ったカッパを干したままにしていて、持参するのを忘れたのだ。

帽子などかぶっていないから、頭からびしょ濡れになった。背中に入り込んだ雨がお尻までつたっていった。雨を少しでも避けようと思い、前屈《まえかが》みの姿勢になってペダルを漕いだが、雨足の強さが災いして、すっかり濡れてしまった。美沙子もまた同じように長い髪がすっかり濡れていた。

温泉街を抜けてしばらく走ったところが彼女の自宅だった。

林に囲まれた高台にあって、大きな冠木門《かぶきもん》のある立派な家だ。彼女が門をくぐっていくのを見届けたところで、走りはじめようと思っていると、

「雨が小降りになるまで、うちにちょっと寄っていってください」

と、美沙子に声をかけられた。

(どうしようか……。この様子だと小降りにはなるだろうけど、やむことはないはずだ)

ひと息ついてしまうと、雨の中をもう一度走るのが厭《いや》になりそうな気がしたし、軀が冷えてしまって風邪をひくかもしれないとも考えたのだ。

迷っている時間はほんのわずかだった。このまま彼女と別れてしまうのが惜しい気がした。雨の中を走ってきたことで、連帯感のようなものが芽生えていたからだ。ここで家にあがれば連帯感が強まり、彼女ともっと親しくなれそうな予感もした。

大地は自転車に乗ったまま、冠木門をくぐり、玄関の脇で下りた。美沙子がにっこりと微《ほほ》笑《え》んだ。荷台にくくりつけたカバンを取ると、鍵を取り出して玄関を開けた。

「家の人はいないのかい」

「そうなの。今日から日曜日までの三日間、両親は留守しているの。父は出張で、母は仲のいいお友だちと旅行。山神君、玄関で待っていてね。今、バスタオルを持ってくるから」

上気した顔でそう言うと、にっこりと笑みを湛《たた》えた。美沙子が廊下を走っていく。スカートまですっかり濡れていて、太ももにくっつき、すらりとした足のラインが浮き上がっている。艶《なま》めかしさなど感じる余地などないはずなのに、陰茎の奥のほうがほんの少しだけ熱くなった。

美沙子がバスタオルを持って戻ってきた。豊かさの象徴とも思えるくらいの厚手のタオルだった。

両頬は赤みがかったピンクに染まったままだ。制服の上着を脱いでいる。ブラウスの襟《えり》や胸元のあたりが濡れていた。

ブラジャーのストラップが透けて見える。胸元のあたりまでブラウスがべたりと肌に張りついていて、乳房の豊かさがうかがえる。

バスタオルでごしごしと髪を拭きながら、彼女に視線を遣る。彼女はタオルを頭に押しつけるようにしながら雨粒を拭っている。

乳房が上下に大きく揺れている。胸元に張りついているブラウスが肌から離れ、ストラップの色と形の透け方が薄くなる。

陰茎の奥の熱が上昇することはないが、冷めてはいなかった。大地はそれがはっきりとわかり、意識をそちらに向かわせないように、さらにタオルを激しく頭に擦りつけた。

「ちょっと待っていてね。今、お湯を沸かしているから。ロンドンで買ってきたおいしい紅茶があるの。躯が温まるから、飲んでいってね」

「ありがとう……。でも、いいよ。躯が冷えちゃうから、このますぐに家に向かうよ」

「だめ、そんなの」

「そう言われてもなあ」

「それとも、シャワー、浴びる？　紅茶よりもずっと温まるわよ」

「家の人が誰もいないのに、そんなことできるはずないよ。おれ、帰るからさ、神田さん、風邪ひかないように気をつけてな」

「苗字《みょうじ》で呼ばれると、よそよそしく感じちゃうな。わたし、インターナショナルスクールでは、ミサって呼ばれていたの。山神君、ふたりきりの時はそう呼んで」

「わかったから、早く着替えたほうがいいよ、ほんとに。今日の雨は、すごく冷たかったからね」

「もう少し、一緒にいて」

廊下に立っていたミサが、玄関に下りてきた。頬の赤みが先程よりも濃くなっていた。

いきなりだった。

バスタオルを手に持ったまま、抱きついてきた。帰るのを止めようとしているのかもしれない。が、背中に回した彼女の腕の強さや軀からほとばしるように放たれる熱気には、それ以上の強い意思が感じられた。

腕をだらりと下げたまま、抱きしめられたままになっていた。彼女の背中に腕を回してしまうと、歯止めが利かなくなりそうな気がしたからだ。

そんな恰好だったが、乳房の豊かさを確かに感じていた。ブラジャーのカップから乳房が溢《あふ》れ出ているのもわかった。息遣いの荒さが乳房の動きに連動している。

肩口に顔を埋めてきた。

濡れた顔が艶やかに輝く。生温かい息が制服の厚い生地を通り抜け、肌に辿り着く。陰茎の芯の熱が上がりそうな気がして、大地は腹筋に力を込めてそれを抑え込む。だが、自分の思い通りにはならず、陰毛の茂みに埋まっている陰茎に力が入りはじめた。

大地は黙っていた。

雨足が強まっているのだろうか。雨音が先程よりも大きくなっている。ふたりの息遣いのほかに耳に入ってくるのは雨音だけだ。それが家全体の静けさやふたりのほかに誰もいないことを際立たせている気がしてならない。

(どうしよう……。抱きしめてもいいのかな)

寒さですっかり縮こまっていた陰茎が膨らみはじめたが、大地はどうしていいのかわからず立ち尽くしていた。

彼女は同級生で、しかも、すぐ後ろの席なのだ。そんな女の子と抱き合ってはいけないという自制心が強く働いた。だが同時に、ロンドンへの一年間の留学で、彼女にとっては抱き合うことなど特別なことではないのかもしれないという風にも考えた。性的なことに結びつけすぎているのだろうかという思いもあったのだ。

肩口に顔を埋めながら、ミサが甘えたような声で囁いた。

「あったかい、とっても」

一歳年上とは思えないくらいあどけなかった。彼女を可愛いと思った。

乳房のあたりから放たれている熱気が、胸板に直《じか》に伝わってくる気がした。そしてその熱気は膨らみはじめた陰茎にまで届いてくるように思えた。

「わたしのことも、抱いて」

「うん」

「そんなに怖い顔しないで」

「いつもと変わっていないはずです」

「そうかしら……。ふふっ、抱き合うことって素敵なことなのよ。それとも、山神君、怖いと思っているの？」

「挨拶代わりのような抱擁《ほうよう》ですよね。怖いなんて思ってません」

「いや、そんなの」

「えっ」

「わたしのこと、嫌い？」

「ずっと修善寺にいるぼくなんかが、そんな大それたこと考えたことないですよ。ミサさんは、手の届かない存在だって思ってますから」

「本気でそう思っているの？　そうだとしたら、ちょっとがっかりだわ。それともわたしのこと、からかっているのかしら」

挑発されている気がした。からかわれているようにも感じたし、外国帰りを誇示されている気にもなった。そんな風に感じたからこそ、大地は腕を回した。心のどこかで、留学していた彼女に対して卑屈になっていた。

腕に力を込めた。

ミサが腰を左右に小刻みに揺すった。ブラジャーに包まれているというのに、乳房が大きく波打った。誇っているしぐさなのか、別の目的があるのか大地にはわからなかった。

陰茎はそれに鋭く反応した。陰毛の茂みに埋まったままだが、笠を半分程覆っている皮がめくれた。雨に濡れたパンツに触れ、火照《ほて》っている笠が冷やされた。しかしそれが刺激となり、さらに膨脹する材料となった。

ミサと視線が絡んだ。

瞳を射るような強い光と輝きを放っている。二重まぶたが震えているが、怖がったり不安がったりしている気配は少しも感じられない。

（キスを求めているのか……）

彼女の求めに応じたいという欲望が迫《せ》り上がった。だが、それが勘違いだったらどうしようかという不安も拭えなかった。

「ロンドンではこういうことって、普通のことなんですか」

「こういうことって？」

「抱き合うことです」

「強く抱き合うなんてことは、しなかったわ。さっきも言ったけど挨拶代わりの抱擁ではないの」

「はい……」

「わたしのこと、嫌い？」

「同じことを訊くんですね」

「だってさっきは、はぐらかされちゃったんだもの」

「好きです。ただ……」

「えっ？」

「ミサさんのこと、よくわからないから、心底好きですとは言えません。そんなこと言えば嘘になると思うし、ぼくは自分に対しても嘘をつきたくないんです」

「正直ね……」

「好かれたいと思う女性には、正直になるものです」

「よかった。ねえ、わたしのこと、山神君の好みの女性のタイプかしら」

「それは間違いありません」

「うれしい」

ミサの顔全体が一瞬にして、眩《まぶ》しいくらいに光り輝いた。

彼女の全身が熱く火照っているのが伝わってきた。口元に湛えた笑みがキラキラと輝いているように見えた。今しがたまで頰だけが赤みを帯びたピンクだったが、いつの間にか、顔全体だけでなく首筋に至るまで同じ色合いに染まっていた。

ミサが瞳を閉じた。射るような光は消えたが、顔全体の輝きはそんなことで失せることはなかった。

顔を上げる。

薄い瞼に瞳の輪郭が浮かび上がる。くちびるを半開きにすると、瞳の輪郭もせわしなく動く。ブラジャーからはみ出ている乳房のすそ野が波打ち、ブラウスが小刻みに揺れる。

「アイ・ライク・ユー」

ミサの半開きのくちびるの奥から、掠《かす》れ気味の囁き声が洩れ出てきた。美しいクイーンズ・イングリッシュの発音だった。

ぞくりとした。

英語でも日本語でも、愛の言葉というのはうっとりするものなのかと思った。

大地はどう応えていいのかわからなくて、黙ったまま彼女の背中に回している腕に力を込めたが、ラブではなくてやっぱりライクなのかとか、ライクという単語には日本語の「好き」という意味が込められているのかといったことが頭の中を巡っていた。

陰茎が成長をはじめた。

つけ根の芯に力が入った。寒さで縮こまっているふぐりが熱気を帯びてきた。幹を包む皮が張りつめ、先端の笠が陰毛の茂みから抜け出た。

「山神君、キスして」

今度は日本語だった。

口の中で舌がうねっているのが見て取れた。声に出しているのだから舌が動くのは当然のはずなのに、それが妙に妖しく見えた。

大地は息を詰めた。

自制心は失せていた。彼女の魅力や誘いに負けたからなのか、自分の欲望の強さが自制心に勝ったのか、どちらなのかわからなかった。

顔を近づける。

鼻息が吹きかかる。生温かく湿ったそれが頬や口の周りに張りつく。彼女の火照りと自分の体温がひとつになっていく気がする。

「キス、ミー」

囁き声とともに、ミサが甘えるように鼻を、うふっと鳴らした。

くちびるを重ねた。

（これがひとつ年上の同級生のくちびるなんだ……）

すぐにでも舌を差し入れたいと思ったが大地はなんとか自制した。そんなことをする必要などないという気もしたが、ここで自制しないと歯止めが利かなくなりそうな怖れを感じたのだ。

ミサが先に舌を差し入れてきた。口の中全体をくまなく探っているようだったが、間違いなく、性感を刺激する動きだった。

大地も舌先を差し出して応えた。

舌同士で突っつき合った。

自制心が薄らいだ。

唾液を彼女の口に流し込む。彼女もまた同じようにしてくる。大地が音をあげて唾液を呑み込むと、つづけてミサも喉を鳴らした。雨音とそれが混じり、くちびるを重ねている時に上がる濁った音が重なった。

「素敵、とっても」

くちびるを離したミサがうっとりした声を放った。乳房が大きく前後に動き、音をさせずに深呼吸しているのだとわかった。

「山神君、あの……、もう一度」

「えっ？」

「もう一度、して」

ミサの瞳の奥にまたしても強く光が灯った。透明感ある眼に、淫靡《いんび》な色合いが混じった。彼女を強く抱きしめた。うっと呻《うめ》き、彼女の手に握られているバスタオルが落ちていくのを、大地は感じた。

雨足が強くなっている。

ミサの荒い鼻息が雨音に重なって耳に入る。抱きしめている彼女の体温が伝わってくる。ブラジャーに包まれた乳房を押し潰しているのを感じる。

陰茎の芯が熱く火照《ほて》っている。陰部がじっとりと湿り気を帯びていく。ふぐりの皮が引き締まり、皺がつくる溝に熱気が溜まる。

（これが留学していた女の子のキスの味なんだ……）

大地は絡め合っている舌を離し気味にすると、彼女の舌先からわずかに外れた横のあたりを舐めた。

彼女の舌がうねった。薄い上くちびるとともに、頬がピクリピクリと痙攣《けいれん》を起こしたように震えた。

「立っていられなくなりそう……」

ミサがくちびるを離し、うっとりとした長い息を吐き出した。

彼女がキスだけでとどめたいと思っているのか、それとも、もう少し先の、たとえば互いの軀の一部を愛撫したりするところまで進みたいと願っているのか、よくわからなかった。

「どうしようか」

大地は彼女の口の端に溜まった唾液の泡粒を目の端に入れながら囁いた。

ロンドンに留学していた女性なのだから性的に開放的だろうと思ったり、たった一年の留学経験で、そんなことまで変わりはしないという気もしたから、大地はこの先、どうしていいのか迷っていたのだ。

ミサが顔を上げた。

額や鼻先にうっすらと汗が滲んでいた。瞳を覆う潤みに厚みが増していて、そこにさざ波が立っているのがはっきり見て取れた。

「どうって?」

「もう少し、君に触れていたいな」

「わたしも同じ気持よ」

「ここの玄関で?」

「ほかのところに行きたいのね」

「うん」

「わたしは、誰が訪ねて来てもいいんだけどなあ……。いやなのね」

「ぼくには無理みたいです。ミサさんは平気なんですか」

「たった一年だけど、留学してみてわたし、ちょっと変わったみたいなの。行く前は、男の人に触れるなんてこと、不潔だって思っていたけど、そんな気持がなくなったみたい」

「どうしてなのかな」

「ロンドンでは、街中でキスしたり抱き合うなんてところを、ごく普通に見かけていたからかな」

大地は黙ってうなずいた。視野を広げて帰国したんだろうなと、少し羨《うらや》ましく思った。

(イギリスに行ってみたいなあ。ミサさんのようなことを堂々と胸を張って言えるようにな

りたいよ)

彼女の自信に満ちた表情を見つめながら、小さくため息をついた。それがミサの耳に届いたらしく、にっこりと笑みを湛《たた》えながら囁いた。

「わかったわ、山神君、上がって」

「いいんですか」

「家に上げたくないわけではないの。わたしはただ、家に上がらなければ、抱き合えないという気持がいやだったの。触れたいと思った時に触れるのが、自分の心に対して正直でしょ？」

大地は心が硬直するような気がした。

他人がどう見ているかとか、どんな風に思われるかといったことを気にして心を曇らせている、と指摘されているように感じたのだ。

大地は自分を恥じた。

恥じたからこそ、心がこわばった。

留学していた彼女が性に開放的になっているだろうと、チラとでも考えた自分を呪いたくなったくらいだ。そのせいで陰茎の火照りが鎮まっていく。

「わたしの部屋に来て」

ミサが玄関に落としたバスタオルを拾い上げ、廊下に上がった。彼女につづいて大地は靴を脱いだ。

小泉ゆかりの家と同じくらいに大きい家のようだ。もちろん間取りは違っていて、彼女の部屋は二階に上がった左側だった。二階には二部屋あって、ひと部屋が彼女のそれで、あとひと部屋は物置らしかった。両親は一階の和室を使っているということだった。

ミサがドアを開け、先に入った。大地も彼女につづいた。

レースのカーテンを吊った窓に、雨粒がびっしりとくっついている。雨が当たる小さな音が間断なくつづく。

部屋の広さは八畳くらいだ。

入って左側の壁際にベッドが据えてあり、その先の窓に近いところに机があった。反対側には洋服ダンスと、ミニコンポを乗せた背の低いクローゼットがあったが、目立ったものはそれくらいで、たとえばポスターを貼ってあるとか、化粧品がいくつもあるといった女性らしい雰囲気が伝わってくるものはほとんどなかった。

ただひとつ目立ったのは本棚の中にあった一〇冊以上もの英語のペーパーバックだ。原書で読んでいるのかと、大地は内心、驚いた。

ミサが窓際まで歩いていった。

ブラウスが濡れていて、背中にべたりと張りついていた。ブラジャーのホックが浮き上がっているのに気づいたが、大地も見て見ぬふりをした。

「やみそうにないわねえ」

空模様を眺めながら、ミサが声をあげた。玄関で話していた時の声よりも落ち着きがあった。いや、そうではなくて、艶《つや》やかな響きが混じっていたと言ったほうが正確だろう。

大地は立ち尽くしたまま、彼女の後ろ姿を見つめていた。彼女を背後から抱きしめることもためらわれたし、坐る場所がなかったのだ。

ミサが振り返った。

ブラジャーが透けていて、色まではっきりわかった。薄いピンクだ。大人の女性のそれとは違って、レースをさほどあしらっているようではなく、シンプルなものに思えた。

いったんは鎮まっていたはずの高校二年生の欲望がまたも刺激された。

陰茎の芯が火照る。

じわじわと幹が膨らみはじめる。

パンツの中にこもっていた熱気がさっと拡がる。湿り気を帯びた陰毛の茂みがねっとりとした淫靡《いんび》さを混えるようになる。制服を着ているおかげで、立っていても陰部の膨らみは気づかれない。そんな安心感もあって、陰茎はさらに膨脹していく。

ミサがベッドまで戻ってくると、立ったままブラウスの第一ボタンに指をかけた。

（えっ……）

大地は呆気《あっけ》にとられた。

洋服を脱ぎ出す勢いだったのだ。

「制服だけじゃなくて、ブラウスまでびっしょり濡れちゃっているの。山神君、悪いんだけど、ちょっとでいいから後ろを向いていてくれるかしら」

「着替えるのかい」

「このままでいたら、風邪ひきそう。ごめんなさいね」

「わかった」

「振り返っちゃ、だめよ」

大地は背中で彼女の声を聞いた。

ミサの息遣いが微《かす》かに耳に入った。衣擦《きぬず》れの音とともに、スカートからブラウスを引き出している音も聞こえてくる。ブラジャーのホックを外し、ストラップを肩から落としているのも手にとるように伝わる。

陰毛の茂みに埋もれていた陰茎が立ち上がった。何度も激しく跳ねるうちに、それは肉樹《にくみき》に成長していった。

壁際に据えてある洋服ダンスを開けているのがわかる。

今はきっと、上半身裸なのだ。

抱きしめた時に感じた彼女の豊かな乳房が脳裡に浮かぶ。たっぷりしていながらも、下辺だけが豊かなわけではない。胸板のほうにもやわらかみのある豊かな肉があって、美しい円錐形をしているのだ。乳輪にはさほど凹凸はなく、ツヤツヤとした輝きを放っている。大きな乳房と比べると乳輪は小さいせいか、勃起した乳首の存在感が強かった。

そこまでの想像が、苦もなくあっという間に広がった。肉樹が呼応し、笠がピクピクと膨らんだ。

（こんなに近くにいるのに見られないなんて。見てみたい。でも、約束したからには我慢しなくちゃ）

脳裡に張りついたまま離れない彼女の裸体を考えないようにしながら、腹筋に力を入れて堪《こら》えた。

洋服ダンスの抽出《ひきだし》を押しているのが伝わってきた。

（振り返るならば、今しかない）

大地は自分に向かって決断を迫るように胸の裡で呟いた。自分を追いつめたのか、高ぶりを煽《あお》ろうとしたのか、それとも諦めようとしたのか、自分でもはっきりしなかった。

大地は意を決した。

ためらわずにさっと振り返った。

想像したとおりに、ミサが上半身裸のまま着替えを持っていた。

乳房は想像を超えていた。洋服の上からではわからないくらい豊かだった。抱きしめた時に胸板で感じたものよりも、すべてが大きくて、乳房がつくる谷間も深かった。

「あん、だめ」

「ごめん」

「恥ずかしいな、こんなところ、見られちゃって」

腰を引き、両腕で乳房を覆った。口元に笑みを湛えているが、表情はこわばっていた。

(裸で抱き合いたい……)

雨に濡れて冷え切った彼女を、抱きしめて温めてあげたい。ぬくもりをわかちあいたい。

さほど親しいわけではないが、それでも愛しさの混じった想いが迫《せ》り上がった。

「あの……」

「えっ？」

「頼みがあるんだけど」

「何、言って」

「うん」

「そこで黙らないで」

「君を抱きしめて、それから」

「それから、何？」

「キス、したいんだ」

「どうして」

「ミサさんに触れたい……」

「ほんと？」

「嘘なんかつかないさ」

「キスさせてくれる女ならば誰でもいいんじゃないの?」

「そんなことない。ずぶ濡れになりながら雨の中を君と帰ってきて、その気持がはっきりしたんだ」

　躯をくの字に折った状態で顔を上げているミサがはにかむような笑みを浮かべた。頰から首筋、そして肩口にかけて、肌がさっと赤く染まった。

　ミサの応えを待ったが、口をつぐんだまま黙っていた。

　重い沈黙だった。

　応えをうながすわけにはいかない。

　ひどいことを言ったのか？　不快にさせてしまったのか。それとも迷っているだけなのか。可能性は低いだろうけど、強引にキスされるのを待っているのか。裸体を浮かべている脳裡にそうした想いが重なった。

「うれしい……」

　ミサが乳房を隠したまま近づいてきた。予想外の言葉だっただけに、大地は咄嗟《とっさ》に応えることができなかった。

両腕から乳房がはみ出している。湿り気を帯びた肌は火照っていて、赤みがしっとりとした色合いに変わっている。それが性的高ぶりによるものだと大地はこれまでのいくつかの経験からわかった。

ミサが近づいてきた。

両腕を広げると、着替えをベッドに投げ出した。軀をぶつけるように抱きついてきた。

大地はふくらはぎに力を込めると、踏ん張って彼女を受け止めた。膨張した肉樹がビクンと跳ねた。

「強く、抱いて」

「ミサ……」

「呼び捨てにしてくれたのね、やっと」

「ずっと名前で呼びたいと思っていたけど、きっかけがなかったんだ」

「日本人って、特別な関係になるか、それとも仲のいい友だちになるかのどちらかでしか、呼び捨てにしないけど、山神君の場合は……」

「特別な関係のほうかな」

「ああっ、よかった」

ミサが腕に力を込めた。たっぷりとした乳房を押しつけるようにしながら上体を左右に揺すった。乳房のすそ野が胸元にまで迫《せ》り上がり、小刻みに波打った。

　彼女が求めていたものが、真摯《しんし》な気持だったと大地はすぐに気づいた。呼び捨てにしたというところから感じ取ってくれたのだ。彼女の感受性の鋭さに怖れにも似た想いと驚きを感じながらも、愛しさが込み上げた。

「制服のボタンが当たって、痛くないかい」

「ちょっと痛いけど、大丈夫よ」

「脱いでもいいかな、ぼくも」

「うん、そうして」

　ミサがはにかむような笑みを湛えた。両腕の力を抜いた。そのまま引き下がってくれるのかと思ったが、そうではなかった。

　首筋に両手を回してきたのだ。

　端整な顔を上げ、瞼を閉じると、くちびるを半開きにした。

「キス、して」

「制服のほうはいいのかい」

「わたしも、キス、したかったの、とっても」

　大地は黙ってうなずくと、彼女の腰に両手を回した。

　くびれたウエストだ。張りのあるふっくらとした腰からウエストにかけてのラインの見事さは、指先でも十分にわかった。

膨脹した肉樹が、彼女の太ももに当たる。それが刺激となって、強い脈動が駆け上がる。笠がピクリピクリと膨らみながら、裏側の敏感な筋がひきつれていく。

大地は顔を寄せていった。

くちびるを重ねた。

すぐさま舌を絡ませる。唾液を吸い、そして彼女に送り込む。互いに唾液を混じり合わせる。彼女の鼻が鳴る。喉の奥から、呻《うめ》き声にも似た濁った音があがる。雨音がそれをかき消す。薄闇の訪れた部屋にふたりの息遣いが響く。

大地は右手をウエストから離すと、脇腹のほうに上げていった。

張りのある乳房の下辺に触れた。

(すごいおっぱいだ……)

ほんのわずかに触っただけでも、その豊かさと張りが指先に伝わってきたのだ。肉樹が鋭く反応し、ふぐりがキュッと縮こまった。

くちびるを重ねながら、大地は半身になった。右手を動かせるゆとりをつくると、てのひらで乳房をすくい上げるようにして包み込んだ。

想像していたとおりの肌のやわらかみと弾力だ。

乳輪もこぢんまりとしていて、その割には乳首が大きくて、それも思い描いたとおりだった。だが、こんなにもずしりとした重みがあることや、しっとりしていて、撫でているだけでも気持がいいということは想像の外だった。

　くちびるを離した。

　舌先がヒリヒリしているが、それも心地よくて、もっと舌を絡ませ、もっと痺れたいと思った。

「わたし、立っていられない……」

　肩口に顔を埋めながら、ミサが甘えた声で囁いた。腰を落とすと、彼女が自らベッドに仰向けに倒れた。あらわになった乳房が大きく揺れた。

「わたし、どうしたらいいの」

　ミサがためらいがちに呻《うめ》き声を洩《も》らすと、仰向《あおむ》けになったまま、背中を大きく反らした。

　豊かな乳房が跳ねるように前後に大きく動いた。彼女の傍《かたわ》らで横になった大地は、乳房の下辺にてのひらをあてがいながらやさしく囁《ささや》いた。

「怖がらないで。無茶なことをするつもりなんかないからね」

「ありがとう、山神君」

「君のことを大事にしたいんだ」

「うれしい……」

　ミサの息遣いがいっそう荒くなる。それに合わせるように乳輪の迫《せ》り上がりが増していく。胸元に近いすそ野の皺に生まれた淫靡《いんび》な翳《かげ》が、頂点の乳首に向かって登っていく。

（ひとつの愛撫で、女の子の軀は表情を変えるものか……）

陰茎から成長を遂げた肉樹《にくみき》の芯に熱気がみなぎった。血流の勢いが強まり、先端の笠がピクピクとうねりながら膨らんだ。

大地は瞼《まぶた》を閉じたまま、豊かな乳房にくちびるを寄せた。

自らの欲望に突き動かされたというより、乳房の魅惑に引き込まれ、それが放つ磁力に導かれている気がしてならなかった。

尖《とが》った乳首を口にふくんだ。

舌先で幹を吸いながら弾く。乳房が上下する。乳輪が盛り上がって、くちびるを押し上げる。乳輪の小さな凹凸が形をわずかに変える。乳首の幹がひときわ硬くなる。

ミサの全身に高ぶりが巡っている。朱色に染まる肌の範囲が脇腹からおへそのあたりにまで拡がっている。

（スカートを脱がしたい。それに隠されている肌もきっと、赤々とした肌に染まっているはずだ……）

乳首の幹をくちびるで圧迫しながら、大地は彼女の腰骨のあたりに手を伸ばした。制服のスカートのファスナーがそこにあることは、杉江淳子や名高雪乃と触れ合ったりして、すでに承知していたのだ。

スカートを引き下ろしはじめると、掛け布団を摑んでいたミサの両手が上がった。拒《こば》まれるのかと思って待ち受けたが、彼女の不安やためらい、そして期待や好奇心を表すように宙をさまよいつづけた。

こういう時、自分が同じようにためらうのはよくないということを、これまでの数々の経験から知っている。迷いはすぐさま相手に伝わり、不安を増幅させてしまうのだ。

大地は息を詰めると、ミサの顔色をうかがったりせずにスカートを引き下ろした。

「ああっ」

驚きと諦めが混じった呻き声が洩れた。中空を漂っている細い指が握り締められ、力なくベッドに落ちていった。だからといって、腰を浮かしてスカートを脱がすのに協力してくれるわけではない。腰や下腹に力が入らないのか、それとも恥じらいがそれを阻《はば》んでいるのかわからないが、荒い息遣いをしたままぐったりしていた。

部屋は薄闇に覆われている。

雨足が強まっている。

ガラス窓に打ちつける雨音が彼女の息遣いを消していく。雨音に強弱はあるもののほぼ一定に聞こえつづけている。時折、ミサの呻き声がそれに混じる。

強引にスカートを脱がした。

薄いブルーのパンティが現れた。それはレースをさりげなくあしらっている高校生らしいシンプルなものだった。陰毛の茂みが透けていて、薄いブルーが灰色がかった色に見えた。

スカートに隠されている肌は、予想したとおり朱色に染まっていた。いや、そうではない。色合いは同じではあったが、予想をはるかに越えた透明感が漂っていた。

「とっても、きれいだね」

「わたし、山神君に、すごい恰好を見られているのね」

「素敵だよ、ミサ」

「意地悪」

「ぼくは感じたことを素直に言っているだけなんだ。意地悪しているわけではないよ」

「ごめんね。男の人に裸を見られたことないの。だから、どんなことを言ったらいいのかわからなくて」

「自分の気持や高ぶりに素直になって欲しいんだ」

「そうしたいけど、緊張しているから思うようにできないの」

「怖さは薄らいだかい」

「山神君のおかげ」

「少しずつ、ふたりの心の距離が縮まっているんだよ、きっと」

「そうかもしれない……。恥ずかしさはあるけど、頭の中が不安でいっぱいになることはなくなっているみたい」

ミサが少しずつ、心を素直に表しはじめているようだ。触れ合ううちに、心のこわばりが解けてきているのだろう。

　恥じらいながらも、ミサがにっこりと微笑《ほほえ》んだ。

（きれいな笑顔だ……）

　転校して以来、彼女を見つめてきたが、こんなにすこやかな笑い顔を浮かべるのは初めてだと思った。

　大地は思わずミサを抱き寄せた。満足感と充足感がみなぎった。

「やっと心から笑ったみたいだね」

「そうかもしれない……」

「自分でもわかっていたのかい」

「わたし、転校してきてからずっと、違和感みたいなものを感じていたの。だから心から笑っていなかった気がしていたわ」

「違和感？」

「そうなの」

「ロンドンでの生活が染みついちゃったせいかな」

「どういうこと？」

「田舎の人たちとは考え方が違うはずだからね。そのあまりのギャップに慣れなかったのかと思ったんだよ」

「ううん、そうではないの。周りの人の見る目が好奇心に満ちているように感じられてならなかったの。たった一年の留学なのに、わたしのことをまるで異星人を見るように眺めている気がしていたの」

「ぼくはそんな目で見たことはなかったと思うよ」

「山神君がごく自然に接してくれているというのは、肌で感じていたわ。だから教室で君と話したりしている時、とっても気持が休まったの」

彼女が何に苦しんでいたのか、その一端に触れた気がした。

つい先日、クラスの数人の女子生徒が集まって雑談していた時にミサのことを、なんとなく近づきがたい雰囲気があるのよね、やっぱり留学したことで留年しているからかしら、わたしたちのことを年下だと思ってバカにしているのかもしれないわ、などと評していたのを耳にした。

ミサをそうした雰囲気にさせていたのは、彼女のせいではなく、陰口を言っていた同級生のほうに問題があったのだ。自分たちと違う異質なものを知らず知らずのうちに排除しようとしていたわけだ。もう一方の当事者のミサは、それを肌で感じて苦しんでいたのだ。

大地は今、ミサのことをはっきりと理解した。

彼女の辛さや苦しみに触れたと思った。

彼女のくちびるに顔を寄せた。

やさしくキスをした。

彼女を理解したということや味方であるということを伝えたいと願った。躯から放たれているはずの生きる力やぬくもりといったものを、くちびるを通して伝えたいと思った。

「素敵、山神君。心がポカポカしてくるキスをしてくれるのね」

「ぼくはミサの味方だからだよ」

「ありがとう。君の気持、しっかりと心に響いてきたわ」

「よかった」

「わたしも……」

彼女が朗らかな声をあげると、抱きついてきた。豊かな乳房が胸板に押し潰されるのもかまわずに、上体を揺すりながら腕に力を込めた。

膨脹している陰茎がパンツの中で跳ねた。つけ根に力がみなぎり、ふぐりの奥が熱く火照《ほて》った。先端の小さな切れ込みから透明な粘液が滲み出てくる。小刻みに跳ねるとそれが木綿のパンツに拭われていく。

(ひとつになりたい……。彼女の心と躯を温めてあげたい)

性欲を吐き出したいという獣じみた欲望とは違う、願いにも似た想いによって肉樹が跳ねていた。だからこそ大地は、硬くなっている肉樹を彼女の下腹に押しつけようと思った。

ためらいはなかった。

腰を突き出した。

やわらかい下腹に一瞬埋まった後、押し返された。

肉樹の存在を感じ取ったミサが、下腹に力を入れてきたようだった。それもしかし、二度三度と腰を突き出すうちに力が入らなくなっていた。どんな風に応えていいのかわからないらしく、彼女の表情に戸惑いの色が浮かんでいた。

「ぼくも、裸になっていいよね」

「そうして欲しいけど、わたし、ちょっと怖い……」

「どうして？」

「お腹に当たっているものってすごく大きそうだから」

「それがどうして怖いの？」

「見たことないから」

「だったら、このまま洋服を着ていたほうがいいかい？」

「ううん、いや」

ミサが瞼を閉じた。口元に湛《たた》えている笑みが消えた。その代わりに、彼女の表情に妖《あや》しさが滲み出てきた。それを見て取り、大地はベッドから下りると素早く洋服を脱ぎ、パンツだけの姿になった。

肉樹は逞《たくま》しく成長を遂げている。

先端の笠がウエストのゴムの下から這《は》い出ている。透明な粘液は今も溢《あふ》れていて、裏側の敏感な筋にまで流れ出している。

仰向けになっているミサに覆いかぶさった。肉樹が彼女の下腹部に当たったが、今度もまた押し返してくる動きはなかった。

「温かい……」

ミサが呻くように声を放った。部屋に響く雨音の一定のリズムがわずかに狂ったような気がした。

押し潰された乳房は、胸元のほうに流れている。朱色に染まったそれは熱気を強めているが、それと同じくらい下腹部も火照りが増している。

ミサが腰を突き上げる。

パンティ越しに、陰毛の茂みを感じる。肉樹がそれに擦られるうちに、幹の裏側で迫り上がっている嶺が軽く痺《しび》れ、快感が生まれはじめる。

大地は上体をわずかに浮かすと、右の乳房の下辺に手を伸ばした。

ずしりとした重みを感じた。

火照りをはらんだ肌はしっとりとしていて、指先にくっついてくる。円を描くように愛撫をすると、乳首がプルプルッと震える。

「ああっ、不思議」

「何がだい」

「おっぱいを触られて、動かされるとこんなに気持がいいのね」

「触っているぼくも、とっても気持がいいんだ」

「あん、いやらしい」

瞼《まぶた》を閉じたまま、ミサが首を振った。長い髪が乱れ、美しい顔を覆った。高校二年生の表情から幼さが消え、大人の女性が見せる艶《つや》やかさが宿った。

ドキリとした。

(ミサが変わった……)

少女から女に変わる瞬間に立ち会ったような気がした。愛撫だけで変わるものかどうかわからなかったが、大地は確かにそれを見たと思った。

両方の乳房への愛撫をはじめた。

乳房がつくる谷間が狭まったり広がったりを繰り返す。谷の斜面がくっつくように乳房を寄せる。谷間から汗とともに甘く生々しい匂いも押し出されてくる。

乳房をすくいあげた後、左右の人差し指で乳首の頂点が埋もれるように押し込んだ。美しい円錐の形をした乳房が潰れながら広がった。

「あん、気持いい」

瞳を開いたミサがねっとりとした視線を送ってきた。快感に浸っているようにも、さらなる愉悦をねだるようにもとれる眼差《まなざ》しだった。それは男の欲望を引き出す成熟した女性の淫靡さを湛えていた。

肉樹の芯に強い脈動が走り抜けた。

心に潜む獣が震えた。

性欲がみなぎり、願いにも似た想いと混在するのがわかった。

(ミサの大切なところを目に焼きつけたい。指と舌で味わってみたい……)

大地は上体をすっかり起こすと、薄いブルーのパンティに手をかけた。

彼女がためらいを見せる前に、陰毛が現れるところまでいっきに引き下ろした。同時に甘さの濃い匂いが湧き上がり、部屋全体に拡がっていった。

陰毛の茂みは薄く、縦長の形をしていた。それでも薄闇に包まれているためか、黒々として見える。お尻のほうに向かってなびいている茂みが割れ目を隠していた。

「男の人に大切なところを見られたの、わたし、初めて」

「胸がドキドキするよ」

「たぶんわたしのほうがもっとすごいわ。心臓が飛び出すかもしれないくらい、高鳴っているもの」

「それがぼくの耳にもはっきりと聞こえるくらいまでにしてみたいな」

「やめて、そんな……」

耻じらいが募《つの》ったらしく、うわずりながらも応えていた声を詰まらせた。朱色に染まった太ももを重ねて割れ目を隠そうとした。

息遣いが荒くなり、下腹がうねった。太ももの筋肉が緊張し、ブルブルと震えた。薙《な》ぎ倒されている茂みがわずかに盛り上がった。その拍子に数本の陰毛が束になり、ゴツゴツとした陰毛特有の節《ふし》が際立った。

(絶対にこんな姿は、誰にも見せたことがないはずだ)

そう思った瞬間、全身に巡りはじめた性欲が猛烈に煽《あお》られた。

太もものつけ根にとどまっているパンティを強い力で引き下ろし、足先から抜き取った。床にそれを落とす前に、割れ目に触れていた生地のあたりをさりげなく見遣《みや》った。

(すごく濡れている……)

パンティのその部分だけ、色合いが濃くなっていて、甘く生々しい香りもそこから立ち上がっていた。

ふぐりの奥が熱くなった。

頭の芯にまで肉樹の脈動が伝わっている気がした。

「ぼくも、裸になるよ」

「ええ、ちょっと怖いけど、そうして。わたしばかり裸じゃ、いや」

「怖いだけかい？　見てみたいと思わないかい」

「あん、意地悪なこと、訊かないで」

「見てみたいんだ」

念を押すようにそう言うと、彼女の傍《かたわ》らに坐ったままで、ベッドから下りずにパンツを脱いだ。

肉樹《にくみき》が跳ねた。

下腹に当たり、湿った音をあげた。

幹には血管や節が浮き上がり、ヒリヒリするくらいまで皮が張りつめている。腹筋に力を込めるたびに、幹の裏側の嶺が波打った。

大地は膝で立つと、ミサの陰部に目を遣った。

天井を向いた肉樹にまるで重なるように、黒々とした陰毛の茂みがだぶって見えた。それは肉樹を誘うようにうねっている。

ミサの呼吸が荒くなる。ロンドンに留学していた整った美しい顔にうっすらと汗が浮かぶ。仰《あお》向けになっても形の崩れない張りのある乳房が大きく上下する。見事にくびれたウエストから陰毛の茂みの地肌にかけての赤みが、見る間に濃くなっていく。

(輝いている……)

大地は腹の底がブルブルッと震えるのを感じた。屹立している肉樹が大きく跳ね、下腹に当たって湿った鈍い音をあげた。

ミサがきつく閉じている瞼《まぶた》をうっすらと開けた。その途端、

「あっ……」

と、驚いたような声をあげ、すぐにまた瞼を閉じた。

膨張した肉樹が目の前にあったためにびっくりしたのは間違いない。赤く染まっている頬が一瞬にして鮮やかな朱色に変わった。

(なんて可愛らしいんだ)

大地は胸がときめくのを感じた。

新鮮な感覚だった。

恥じらったり、ためらってばかりいる女性に対してはさほど美しさを感じなかった。しかし今のミサのように、ごく普通の表情をしている時に、時折はにかんだ様子を見せられると心を奪われるのだと知った。

性欲とは別の高ぶりが全身を巡っていく。欲望も鋭くそれに応え、肉樹の先端の笠がピクピクと震える。全身に拡がっているときめきと、性欲という種類の違うふたつが、時間とともにひとつになり、大きなうねりとなっていくような気がしてならない。

大地は膝で立ったまま、仰向けになっている彼女に声を投げた。

「ぼくのちんちんを、見てみたかったんだよね」

「ちょっと見たけど、わたし、恥ずかしくて見られないわ」

「どうして？」

「想像していたものより、大きくて逞《たくま》しかったの。うれしいけど、恥ずかしい。わたし、どうしたらいいの？　何をすればいいの」

「そのままでいいよ」

ミサの表情はこわばったままだ。薄い瞼に瞳の輪郭が浮き上がっていて、せわしなく震えている。唾液を呑み込んでいるらしく、喉が上下に動く。乳房がそれに連動して揺れ、すそ野からじわじわと頂点に向かって波が上がっていく。

大地はミサの上体を覆うようにして軀を重ねた。

「あうっ」

ミサが呻いた。

乳房を胸板で押し潰した。張りを保っている乳房に尖った乳首は埋まったが、すぐさま押し返してきた。そしてすかさず胸板と乳房に生まれているわずかな隙間に、乳首がよじれながら向かった。

「山神君の逞しいものが、わたしのお腹に当たっているのね」

「うん、そうだよ」

「怖いわ、わたし」

「何が？」

「あんなに大きなものを、迎え入れるなんて考えられない……」

「でも、きっと大丈夫だよ」

「女は男を迎えるようになっていることは、頭ではわかっていたの。でも、実際に見てみると、本当にできるものなのかどうか、わたし、心配で怖い」

大地は黙ってうなずくと、口元にやさしい笑みを湛《たた》えた。今までならばこんな時、顔はこわばったままで、安心させる表情をつくるゆとりなどなかった。それがいつの間にか、こんな風に表情を見せることができるようになったことに、自分でもいくらか驚いた。

ミサの下腹がうねる。肉樹がそこに半分程埋まっては元の姿に戻る。触れ合っている部分が湿り気を帯びてくる。先端の細い切れ込みから透明な粘液が滲み出てきて、それが湿り気に加わる。ふたりの陰毛の茂みが絡み合いながらひとつになる。膨脹した肉樹が彼女の下腹に埋まる。彼女の火照《ほて》りと肉樹が放つ熱気が混じり合う。

大地は両腕で自分の上体を支えていたが、右手を外すと、乳房の下辺にあてがった。美しい円錐の形を保っている乳房がブルブルッと揺れた。彼女が肩で息をするたびに乳房が波打ち、複雑なうねりに変わっていった。

指先に力を込めた。

乳房が凹むと、その反動のように乳輪の迫り上がりが増す。乳首のつけ根がくっきりと際立ち、膨脹した幹がさらに硬くなるのが見て取れる。乳首の先端を指先で撫でた。そこには細かい切れ込みや皺《しわ》があり、湿り気が拡がってい
た。

「きれいなおっぱいだね」

「おっきすぎるでしょ」

「そんなことないよ」

「もう少し、小っちゃくなってくれるといいなって、わたし、心底そう思っているのよ」

「大きいから恥ずかしいのかな」

「ロンドンに住んでいる時は、そんなことは感じなかったの」

「それはそうだろうね。おっきなおっぱいの女の人なんて、たくさんいるだろうからね」

「日本に戻ってきたら、恥ずかしくなっちゃったの。ロンドンで生活している一年間におっぱいが大きくなったこともあって、帰国してからは、好奇の目で見られているって感じるようになったの」

ミサはどちらかというと着痩せするタイプだ。そんな彼女の乳房の豊かさを見抜く男がいるのかということに、大地は少なからず驚いた。

「スケベな男が多いんだね」

「そうなのかしら」

「うん？」

「わたしがいけないのかなって思ったりしていたの。おっぱいが目立たないように猫背にしたり、きつめの下着をつけたりしたほうがいいのかなって考えていたのね」

「ミサは悪くないよ」

「そう？」

「当たり前じゃないか」

「はっきりそう言ってもらって……、よかった」

瞼を閉じたまま、ミサがゆっくりとうなずいた。目尻にうっすらと潤みが滲んでいた。

(留年したことで同級生と親しくしてもらえない辛さだけじゃなくて、おっぱいのことでも気を病んでいたのか。大変だったろうな)

胸の奥が熱くなった。

愛しさがさらに込み上げてきた。

手足にまで火照りが拡がり、ミサを抱きしめずにはいられなかった。

彼女に体重をあずけると、強く抱きしめた。ふたりの火照りや熱気がまたしても濃密に絡み合うのを感じて、少しだけだが、彼女との心の距離が縮まった気がした。

肉樹の熱気も高まっている。湿り気も増し、先端の切れ込みからは透明な粘液が溢れつづけている。裏側の敏感な筋とともに、硬くなった幹を包む皮が張りつめる。腰を突き出すと、それに応えてミサもお尻をあげる。

肉樹から拡がる快感と触れ合っていることで感じる愉悦が溶け合い、混じり合った。それはまるで割れ目に挿入している感覚と同じ一体感だった。

「ねえ、きて」

瞼を開きながらも、ミサがうっとりとした甘い声をあげた。高校二年生とは思えない妖しい響きがあった。

「いいのかい。さっきまで怖がっていたけど、勇気が出てきたのかい」

「怖いけど、もっともっと、山神君に近づきたくなってきたの」

「触れ合っているよ、こんなに」

「あなたにもっと近づくためには、おちんちんを迎え入れることだと気づいたの。そう思ったら、不思議だけど、怖さがすっと消えたの」

「ぼくに気を遣って、そう言っているんじゃないのかな」

「恐怖心は気遣いでは消えないわ。迎え入れたいというわたしの気持に嘘や偽りはないの」

「ぼくも、だよ」

ミサの耳元で囁いた。彼女の全身から放たれている熱気がいっきに強まるのがわかった。閉じられている太ももがゆっくりと開き、大地は彼女の太ももの間に両足を入れた。

腰を浮かした。

肉樹がミサの湿った下腹から離れていく。名残惜しそうに、何度も小さく跳ねる。透明な粘液が糸を引くように滴となって垂れ落ちる。

腰を上下に動かしながら、肉樹を操った。束のようになった陰毛を掠めたり、うるみにまみれた肉襞をなぞったりした。

割れ目を覆っている外側の厚い肉襞はすでに、すっかりめくれている。それでもすんなりと先端の笠をあてがうことができない。男としてスマートではないと思うが、不思議なことに焦りは感じない。

(腰だけで操るのが無理なら手を添えればいい)

そんな風に考えられるようになった自分に、またしても大地は驚いた。知らず知らずのうちに、心も軀も成長していたのだと実感したのだ。

「初めての時っていうのは、うまくいかないものなんだよね」

ミサの耳元で、いくらか茶化すように照れ笑いを交えながら囁いた。

「わたし、それでも気が変わったりしないから平気よ」

「よかった」

ミサがくすっと笑い声を洩らした。表情だけでなく、彼女の軀からもこわばりが失せていくのがわかった。同時に腰の動きにもぎこちなさが消え、しなやかになった。そのおかげかどうかわからないが、彼女に導かれるように割れ目の中心に笠が動いた。

「あっ、そこよ、そこ」

「うん、そうみたいだね」

「怖さはなくなったって言ったけど、やっぱりわたし、ちょっと緊張しているみたい」

「力を抜いたほうがいいよ」

「やさしくしてね」

大地はもう一度、彼女を抱きしめた。愛しさや慈《いつく》しんでいるという気持を、腕に込めた力で伝えた。

ミサにならば、言葉でなくても伝えられると思った。その直感にも似た想いは正しかった。シーツを摑んでいた両手を離した彼女が、両手を背中に回してきて、自分と同じように抱きしめてきたのだ。指先に力を入れたり緩めたりして、こちらの想いに応えようとしているのだとわかった。

肉樹の芯が熱くなった。

ふぐりの奥からも熱が拡がった。

割れ目から滲み出てくるうるみに、肉樹の先端がまみれながら跳ねる。膨脹した笠の端がうねり、男性をまだ知らない割れ目に早く挿せと急かす。

ミサの美しい顔を見つめた。

目尻に滲んでいた潤みが溜まり、滴となってこぼれ落ちそうだった。

「いいね、ミサ」

「きて、山神君」

「怖がることはないからね」

「はい……」

彼女がうなずいた。

大地はゆっくりと腰を突き入れた。

頬を染める鮮やかな朱色が赤黒く変わった。くちびるを引き締め、奥歯を噛み締めているのがわかった。

「ううっ」

「怖がらないで……。軀に力を入れると、怖さが増すから、力を抜くんだ」

「ああっ、できない」

背中に回している手を離すと、シーツを摑んだ。顎をあげ、背中を反り返らせた。無意識かもしれないが、挿入を拒むようにお尻を引いた。

大地はそれでもひるまなかった。

怖がっているが、拒んでいるのではないことがわかるからだ。心では迎え入れてくれていることは、彼女の息遣いやほんのわずかな表情の変化で十分に伝わってくるのだ。

割れ目を追いかけるようにして腰を突き入れていった。

窮屈だったが、それでもうるみが溢れているおかげで割れ目の中程まで先端を挿し入れることができた。

外側の厚い肉襞が膨らみ、幹にへばりついてきた。割れ目の奥に誘う動きなのか、それともこれ以上の侵入に堪えられないという反応なのかよくわからない。ミサが息を詰めるたびに肉襞がうねって幹を締めつけてくるので、受け入れようとしているのだと感じ取ることができた。

「入ったよ……」

「わたし、女になったのね」

「大人の女性だよ」

「初めての人が山神君でよかった」

「ぼくもうれしいよ」

視線が絡んだ。

大きな瞳を覆う潤みが厚さを増していた。華奢な肩がブルッと震えたり、腰をよじったりするたびに、潤みにさざ波が立ち、妖しい輝きが強まった。

「もっと奥まできて」

「平気かい」

「痛いけど、そうしたいの。山神君のために我慢したいの」

「ぼくなら、もう十分だよ」

「いやっ、そんなこと言っちゃ」

「無理させたくないんだ」

「我慢しているけど、無理しているわけではないの。あなたのすべてを受け入れたい。それに……」

「えっ？」

「わたし、気持がいいの。幸せな気持だし、心も熱くなっているの」

「同じ気持だよ」

「ああっ、うれしい」

ミサがくちびるを半開きにしたまま呻き声を放った。下腹がうねり、割れ目全体から緊張が抜けていった。その拍子に、先端の笠がするりと最深部まで到達した。

肉樹のつけ根にぴたりと割れ目の肉襞がへばりついた。胸板で乳房を押し潰した。互いの下腹が、呼吸するたびに触れ合ったり離れたりを繰り返した。湿り気を帯びた肌の重なる面積が拡がった。

心と軀が重なったという気がした。

ふたりが感じている肉の快楽と心の愉悦が同じレベルになったと思った。

「ううっ、すごく気持がいいよ」

大地は思わず喘ぐようにして声を放った。

ミサが足を硬直させた。

小刻みに震える瞼を閉じると、うわずった声をあげた。

「わたしの中にあなたがいるのね」

「ぼくたちは、ひとつになったんだ」

「そうよ、そう感じる。軀がふわふわと浮き上がってしまいそう……」

「痛みは薄らいだかい？」

「それは変わらないけど、うれしさと気持よさのほうが勝っているの。だから、痛みのことなんかもう気にしないでね、お願い」

粘っこい声でミサが囁いた。

割れ目の中で、肉樹がつけ根から鋭く跳ねた。奥の細かい襞がうねりながら笠や幹に絡みついてきた。

「ずっとずっと、こうしていたい」

「そうだね」

「ありがとう、山神君」

「ぼくのほうこそ、ありがとう」

ミサの耳元でそう囁くと、彼女にくちびるを重ねた。

（すべてがひとつになった）

大地は確かにそう感じた。

■本書は、『週刊現代』に連載中の「女薫の旅」の二〇〇二年四月十三日号から同十月十二日号までの分と『週刊現代SPECIAL夏季号』二〇〇二年八月二十三日増刊号掲載の「女薫の旅　特別篇」を加筆訂正し、まとめた文庫オリジナルです。

|著者|神崎京介　1959年静岡県三島市生まれ。1996年書き下ろし長編バイオレンス小説『無垢の狂気を喚び起こせ』(講談社) でデビュー。1998年4月から始まった「女薫の旅」は読者の圧倒的支持にささえられて現在も「週刊現代」で好評連載中。著書に『水の屍《かばね》』『ピュア』『ハッピー』(以上、幻冬舎)、『女薫の旅』シリーズ(既刊6冊) 短編集『滴《しずく》』『イントロ』シリーズ(既刊2冊) 書き下ろし『愛技』(いずれも講談社文庫)、『女運』シリーズ、『他愛』(祥伝社)、『おれの女』『男泣かせ』『五欲の海』『後味』(光文社)、『忘れる肌』(徳間書店) などがある。ベストセラー作家として、好きなゴルフも控え多忙な日々を送っている。

女薫《にょくん》の旅《たび》 放心《ほうしん》とろり

神崎京介《かんざききようすけ》

2002年11月15日第1刷発行
2003年2月28日第3刷発行

発行者――野間佐和子
発行所――株式会社 講談社
東京都文京区音羽2-12-21　〒112-8001
電話 出版部 (03) 5395-3510
販売部 (03) 5395-5817
業務部 (03) 5395-3615

Printed in Japan

講談社文庫

定価はカバーに
表示してあります

デザイン―菊地信義
製版――凸版印刷株式会社
印刷――凸版印刷株式会社
製本――株式会社国宝社

落丁本・乱丁本は購入書店名を明記のうえ、小社書籍業務部あてにお送りください。送料は小社負担にてお取替えします。なお、この本の内容についてのお問い合わせは文庫出版部あてにお願いいたします。

ISBN4-06-273594-6

講談社文庫刊行の辞

二十一世紀の到来を目睫に望みながら、われわれはいま、人類史上かつて例を見ない巨大な転換期をむかえようとしている。

世界も、日本も、激動の予兆に対する期待とおののきを内に蔵して、未知の時代に歩み入ろうとしている。このときにあたり、創業の人野間清治の「ナショナル・エデュケイター」への志を現代に甦らせようと意図して、われわれはここに古今の文芸作品はいうまでもなく、ひろく人文・社会・自然の諸科学から東西の名著を網羅する、新しい綜合文庫の発刊を決意した。

激動の転換期はまた断絶の時代である。われわれは戦後二十五年間の出版文化のありかたへの深い反省をこめて、この断絶の時代にあえて人間的な持続を求めようとする。いたずらに浮薄な商業主義のあだ花を追い求めることなく、長期にわたって良書に生命をあたえようとつとめるところにしか、今後の出版文化の真の繁栄はあり得ないと信じるからである。

同時にわれわれはこの綜合文庫の刊行を通じて、人文・社会・自然の諸科学が、結局人間の学にほかならないことを立証しようと願っている。かつて知識とは、「汝自身を知る」ことにつきていた。現代社会の瑣末な情報の氾濫のなかから、力強い知識の源泉を掘り起し、技術文明のただなかに、生きた人間の姿を復活させること。それこそわれわれの切なる希求である。

われわれは権威に盲従せず、俗流に媚びることなく、渾然一体となって日本の「草の根」をかたちづくる若く新しい世代の人々に、心をこめてこの新しい綜合文庫をおくり届けたい。それは知識の泉であるとともに感受性のふるさとであり、もっとも有機的に組織され、社会に開かれた万人のための大学をめざしている。大方の支援と協力を衷心より切望してやまない。

一九七一年七月

野間省一